周作人著作

苦口甘口

锺叔河——编订

岳麓書社·长沙

太平书局本《苦口甘口》

编者的话

钟叔河

一九八七年一月三日《光明日报》上，岳麓书社刊出了我拟稿的一帧广告（左图），宣布了书社和我对重印周作人著作的观点：

“人归人，文归文。周作人其人的是非功过是另一问题，其书的主要内容是对传统文化和国民性进行反思，对中国—西方和中国—日本的文化历史进行比较研究，今之读者却不可不读。……”

随即便开始出书。既出周作人著作的单行本，也出精装合订本。两年之间，出了二十四种。

书当然不是想出便能出的，得按规矩，走程序。周家授权了，报告批复了，宋木文、杨牧之、伍杰各位领导都当面或来信表示应允和支持了，便能够出了。

出就得出好。当时强调了两条：（一）因为均系据旧本重印，所以一定要认真校订，尽力改正旧本误植失校的错误；（二）因为手稿不存，无法对勘，所以一定要详出校记，改动处一概保留原文，承担责任。

这两条，读者看来大都是认可的。直到如今，在旧书网上，八十年代“岳麓版”的周作人著作，始终都卖得不错。

现在，岳麓书社决定又来出版周作人著作，仍然要我负责编订，做法则一仍其旧。主要还是这些书，还是这两条，新的广告也就不必再做了。

鄢琨君三十年前和我同编了这些书，此次仍然合作，蒋浩君也参加了进来。校记原列表在书末，如今改作尾注。二君新增校改之处，分别标出“鄢校”“蒋校”，特此说明，并志感谢。

二〇一八年五月十五日于长沙。

出版题记

《苦口甘口》，一九四四年十一月上海太平书局初版，有自序一篇，收文二十一篇，分作三分，序称“皆是近一年中所写”，恢复了抗战前年出一书的习惯。今即据此校订重印。

第一分收文十篇。第一篇《苦口甘口》释“苦口”意在劝人“不可以文学作职业”，“甘口”则云有“螫毒”的鼷鼠咬人不痛，称“甘口鼠”，叫大家谨防。别篇亦同样是自称“无用也无味的正经话”。末篇《我的杂学》二十节，篇幅占了全书四分之一还多，陈述自己“杂览”也就是做学问和思想形成的经过，更是十分重要的文章。

第二分所收十篇，《武者先生和我》比得上《苦竹杂记·市河先生》，《草囤与茅屋》

比得上《苦茶随笔·〈东京散策记〉》，《阳九述略》比得上《夜读抄·〈甲行日注〉》，散文创作高峰期的流风馀韵也继承下来了。

第三分只收一篇《遇狼的故事》，写的是“有如中山狼故事里的那一只狼”，其实针对的是原先“四大弟子之一”的沈启无。文虽然赞成“对于人家不甚计较”，却也多少露出些“绍兴师爷”的脾气来，殊为罕见。

二〇二〇年五月二十九日，锺叔河。

目录

第三分

自序

今年夏天特别酷热，无事可做，取旧稿整理，皆是近一年中所写，共有二十一篇，约八万馀字，可以成一册书，遂编为一集，即名之曰《苦口甘口》。重阅一过之后，照例是不满意，如数年前所说过的话，又是写了些无用也无味的正经话。难道我的儒家气真是这样的深重而难以湔除么。我想起顾亭林致黄梨洲的书中有云：

> 炎武自中年以前，不过从诸文士之后，注虫鱼、吟风月而已。积以岁月，穷探古今，然后知后海先河，为山覆蒉，而于圣贤六经之旨，国家治乱之原，生民根本之计，渐有所窥。

案此书《亭林文集》未载，见于《梨洲思旧录》中，时在清康熙丙辰，为读《明夷待访录》后之复书，亭林年已六十四，梨洲则六十七矣。黄顾二君的学识我们何敢妄攀，但是在大处态度有相同者，亦可无庸掩藏。鄙人本非文士，与文坛中人全属隔教，平常所欲窥知者，乃在于国家治乱之原，生民根本之计，但所取材亦并不废虫鱼风月，则或由于时代之异也。此种倾向之思想大抵可归于唯理派，虽合理而难得势，平时已然，何况如日本俗语所云，无理通行，则道理缩入，这一类的文章出来，结果是毫无用处，其实这还是最好的，如前年写了一篇关于中国思想问题文章，曾被人评为反动，则又大有祸从口出之惧矣。我于文集自序中屡次表示过同样的意见，对于在自己文章中所有道德的或是政治的意义很是不满，可是说过了也仍不能改，这回还是如此。近时写《我的杂学》，因为觉得写不好，草率了事，却已有二十节，写了之后乃益了解，自己历来所写的文章里面所有的就只是这一点东西，假如把这些思想抽了去，剩下的便只有空虚的文字与词句，毫无价值了。我一直不相信自己能写好文章，如或偶有可取，那么所可取者也当在于思想而不是文章。

总之我是不会做所谓纯文学的，我写文章总是有所为，于是不免于积极，这个毛病大约有点近于吸大烟的瘾，虽力想戒除而甚不容易，但想戒的心也常是存在的。去年九月以后我动手翻译日本坂本文泉子的《如梦记》，每月译一章，现在已经完毕，这是近来的一件快意的事。我还有《希腊神话》的注释未曾写了，这个工作也是极重大的，这五六年来时时想到，赶做注释，难道不比乱写无用无味的文章更有价值么？我很怕被人家称为文人，近来更甚，所以很想说明自己不是写文章而是讲道理的人，希望可以幸免，但是昔者管宁谓邴原曰，潜龙以不见成德，言非其时，皆取祸之道，则亦不甚妥当。天下多好思想好文章，何必尽由己出，鸠摩罗什不自著论，而一部《大智度论》，不特译时想见踌躇满志，即在后世读者亦已可充分了解什师之伟大矣。假如可以被免许文人歇业，有如吾乡堕贫之得解放，虽执鞭吾亦为之，只是目下尚无切实的着落处，故未能确说，若欣求脱离之心则极坚固，如是译者可不以文人论，则固愿立刻盖下手印，即日转业者也。

民国甲申，七月廿日，知堂记于北京。

第一分

苦口甘口

平常接到未知的青年友人的来信，说自己爱好文学，想从这方面努力做下去，我看了当然也喜欢，但是要写回信却觉得颇难下笔，只好暂时放下，这一搁就会再也找不出来，终于失礼了。为什么呢？这正合于一句普通的成语，叫做“一言难尽”。对于青年之弄文学，假如我是反对的，或者完全赞成的，那么回信就不难写，只须简单的一两句话就够了。但是我自己是曾经弄过一时文学的，怎么能反对人家，若是赞成却又不尽然，至少也总是很有条件的，说来话长，不能反复的写了一一寄去。可是老不回复人家也不是办法，虽然因年岁经验的差异，所说的话在青年听了多是落伍的旧话，在我总是诚意的，说了也已尽了诚意，总胜于不说，听不听别无关系，那是另一问题。现今在这里总答几句，希望对于列位或能少供参考之用。

第一件想说的是，不可以文学作职业。本来在中国够得上说职业的，只是农工商这几行，士虽然位居四民之首，为学乃是他的事业，其职业却仍旧别有所在，达则为官，现在也还称公仆，穷则还是躬耕，或隐于市井，织屦卖艺，非工则商耳。若是想以学问文章谋生，惟有给大官富贾去做门客，呼来喝去，与奴仆相去无几，不惟辱甚，生活亦不安定也。我还记得三十五六年前，大家在东京从章太炎先生听讲小学，章先生常教训学生们说，将来切不可以所学为谋生之具，学者必须别有职业，借以糊口，学问事业乃能独立，不至因外界的影响而动摇以至堕落。章先生自己是懂得医道的，所以他的意思以为学者最好也是看点医书，将来便以中医为职业，不但与治学不相妨，而且读书人去学习也很便利容易。章先生的教训我觉得很对，虽然现今在大学教书已经成了一种职业，教学相长，也即是做着自己的事业，与民国以前的情形很有不同了，但是这在文学上却正可应用，所以引用在这里。中国出版不发达，没有作家能够靠稿费维持生活，文学职业就压根儿没有，此其一。即使可以有此职业了，而作家须听出版界的需要，出版界又要看社会的要求。新旧左右，如猫眼睛的转变，亦实将疲于奔命，此其二。因此之故，中国现在有志于文学的最好还是先取票友的态度，为了兴趣而下手，仍当十分的用心用力，但是决心不要下海，要知正式唱戏不是好玩的事也。

第二，弄文学也并不难，却也很不容易。古人说写文章的秘诀，是多读多作。现在即使说是新文学了，反正道理还是一样。要成为一个文学家，自然要先有文学而后乃成家，决不会有不写文学而可称文学家的，这是一定的事，所以要弄文学的人要紧的是学写文学作品，多读多作，此外并无别的方法。简单的一句话，文学家也是实力要紧，虚声是没有用的。我们举过去的例来说，民六以后新文学运动哄动了一时，胡陈鲁刘诸公那时都是无名之士，只是埋头工作，也不求名声，也不管利害，每月发表力作的文章，结果有了一点成绩，后来批评家称之为如何运动，这在他们当初是未曾预想到的。这时代是早已过去了，这种气风或者也已改变，但是总值得称述的，总可以当作文人作家炼成之一模范。这有如一队兵卒，在同一目的下人自为战，经了好些苦斗，达成目的之后，肩了步枪回来，衣履破碎，依然是个兵卒，并不是千把总，却是经过战斗，练成老兵了，随时能跳起来上前线去。这个比喻不算很好，但意思是正对的，总之文学家所要的是先造成个人，能写作有思想的文人，别的一切都在其次。可是话又说了回来，多读多作未必一定成功，这还得尝试了来看。学画可以有课程，学满三四年之后便毕业了，即使不能算名画家，也总是画家之一，学书便不能如此，学文学也正是一样，不能说何时可以学会，也许半年，也许三年，也许终于不成。这一点要请弄文学的人预先了解，反正是票友，试试来看，唱得好固可喜，不好也就罢了，对于自己看得清，放得下，乃是必要也。

第三，须略了解中国文学的传统。无论现在文学新到那里去，总之还是用汉字写的，就这一点便逃不出传统的圈子。中国人的人生观也还以儒家思想的为主流，立起一条为人生的文学的统系，其间随时加上些道家思想的分子，正好作为补偏救弊之用，使得调和渐近自然。

因此中国文学的道德气是正当不过的，问题只是在于这道德观念的变迁，由人为的阶级的而进于自然的相互的关系，儒道思想之切磋与近代学术之发达都是同样的有力。别国的未必不也是如此，现在只就中国文学来说，这里边思想的分子很是重要，文学里的东西不外物理人情，假如不是在这里有点理解，下馀的只是辞句，虽是写的华美，有如一套绣花枕头，外面好看而已。在反对的一方面，还有外国的文艺思想，也要知道大概才好。外国的物事固然不是全好的，例如有人学颓废派，写几句象征派的情诗，自然也可笑，但是有些杰作本是世界的公物，各人有权利去共享，也有义务去共学的，这在文明国家便应当都有翻译介绍，与本国的古典著作一同供国民的利用。在中国却是还未办到，要学人自己费力去张罗，未免辛苦，不过这辛苦也是值得，虽然书中未必有颜如玉的美人，精神食粮总可得到不少，这于弄文学的人是比女人与酒更会有益的。前一代的老辈假如偷看了外国书来讲新文学，却不肯译出给大家看，固然是自私的很，但是现今青年讲更新的文学，却只拿几本汉文的书来看，则不是自私而是自误了。末了再附赘两句老婆心的废话，要读外国文学须看标准名作，不可好奇立异，自找新著，反而上当，因为外国文学作品的好丑我们不能懂得，正如我们的文学也还是自己知道得清楚，外国文人如罗曼罗兰亦未必能下判断也。

以上所说的话未免太冷一点，对于热心的青年恐怕逆耳，不甚相宜亦未可知。但是这在我是没法子的事，因为我虽不能反对青年的弄文学，赞成也是附有条件的，上边说的便是条件之一部分。假如鸦片烟可以寓禁于征，那么我的意思或者可以说是寓反对于条件罢。因为青年热心于文学，而我想劝止至少也是限制他们，这些话当然是不大咽得下去的，题目称曰苦口，即是这个意义。至于甘口，那恐怕只是题目上的配搭，本文中还未曾说到。据桂氏《说文解字义证》卷三十，鼷字下所引云：

> 《玉篇》：鼷，小鼠也，螫毒，食人及鸟兽皆不痛，今之甘口鼠也。《博物志》：鼷，鼠之最小者，或谓之甘鼠，谓其口甘，为其所食者不知觉也。

日本《和汉三才图会》卷三十九引《本草纲目》鼷鼠条，亦如此说，和名阿末久知祢须美，汉字为甘口鼠，与中国相同。所谓甘口的典故即出于此。这在字面上正好与苦口作一对，但在事实上我只说了苦口便罢，甘口还是“恕不”了吧。或者怕得青年们的不高兴，在要收场的时候再说几句，——话虽如此，世间有《文坛登龙术》一书，可以参考，便讲授几条江湖诀，这也不是难事，不过那就是咬人不痛的把戏，何苦来呢。题目写作苦口甘口，而本文中只有苦口，甘口则单是提示出来，叫列位自己注意谨防，此乃是新式作文法之一，为鄙人所发明，近几年中只曾经用过两次者也。

（民国癸未二月十日，写于阴雨中）

梦想之一

鄙人平常写些小文章，有朋友办刊物的时候也就常被叫去帮忙，这本来是应该出力的。可是写文章这件事正如俗语所说是难似易的，写得出来固然是容容易易，写不出时却实在也是烦烦难难。《笑倒》中有一篇笑话云：

> 一士人赴试作文，艰于构思。其仆往候于试门，见纳卷而出者纷纷矣。日且暮，甲仆问乙仆曰，不知作文章一篇约有多少字。乙仆曰，想来不过五六百字。甲仆曰，五六百字难道胸中没有，到此时尚未出来。乙仆慰之曰，你勿心焦，渠五六百字虽在肚里，只是一时凑不起耳。

这里所说的凑不起实在也不一定是笑话，文字凑不起是其一，意思凑不起是其二。其一对于士人很是一种挖苦，若是其二则普通常常有之，我自己也屡次感到，有交不出卷子之苦。这里又可以分作两种情形，甲是所写的文章里的意思本身安排不好，乙是有着种种的意思，而所写的文章有一种对象或性质上的限制，不能安排的恰好。有如我平时随意写作，并无一定的对象，只是用心把我想说的意思写成文字，意思是诚实的，文字也还通达，在我这边的事就算完了，看的是哪[①]些男女老幼，或是看了喜欢不喜欢，我都可以不管。若是预定要给老年或是女人看的，那么这就没有这样简单，至少是有了对象的限制，我们总不能说的太是文不对题，虽然也不必要揣摩讨好，却是不能没有什么顾忌。我常想要修小乘的阿罗汉果并不大难，难的是学大乘菩萨，不但是誓愿众生无边度，便是应以长者居士长官婆罗门妇女身得度者即现妇女身而为说法这一节，也就迥不能及，只好心向往之而已。这回写文章便深感到这种困难，踌躇好久，觉得不能再拖延了，才勉强凑合从平时想过的意思中间挑了一个，略为敷陈，聊以塞责，其不会写得好那是当然的了。在不久以前曾写小文，说起现代中国心理建设很是切要，这有两个要点，一是伦理之自然化，一是道义之事功化。现在这里所想说明几句的就是这第一点。我在《螟蛉与萤火》一文中说过：

【锺校】

① 原无“哪”字，今增。

> 中国人拙于观察自然，往往喜欢去把他和人事连接在一起。最显著的例，第一是儒教化，如乌[1]反哺，羔羊跪乳，或枭食母，都一一加以伦理的附会。第二是道教化，如桑虫化为果蠃，腐草化为萤，这恰似仙人变形，与六道轮回又自不同。

说起来真是奇怪，中国人似乎对于自然没有什么兴趣，近日听几位有经验的中学国文教员说，青年学生对于这类教材不感趣味，这无疑的是的确的事实，虽然不能明白其原因何在。我个人却很看重所谓自然研究，觉得不但这本身的事情很有意思，而且动植物的生活状态也就是人生的基本，关于这方面有了充分的常识，则对于人生的意义与其途径自能更明确的了解认识。平常我很不满意于从来的学者与思想家，因为他们于此太是怠惰了，若是现代人尤其是青年，当然责望要更为深切一点。我只看见孙仲容先生在《籀庼述林》的一篇《与友人论动物学书》中，有好些很是明达的话，如云：

> 动物之学为博物之一科，中国古无传书。《尔雅》虫鱼鸟兽畜五篇唯释名物，罕详体性。

【锺校】

① “乌”原作“鸟”。

> 《毛诗》陆疏旨在诂经，遗略实众。陆佃郑樵之伦，摭拾浮浅，同诸自郐。……至古鸟兽虫鱼种类今既多绝灭，古籍所纪尤疏略，非徒《山海经》《逸周书·王会[1]》所说珍禽异兽荒远难信，即《尔雅》所云比肩民比翼鸟之等咸不为典要，而《诗》《礼》所云螟蛉果蠃，腐草为萤，以逮鹰鸠爵蛤之变化，稽核物性亦殊为疏阔。……今动物学书说诸虫兽，有足者无多少皆以偶数，绝无三足者，《尔雅》有鳖三足能，龟三足贲，殆皆传之失实矣。……中土所传云龙风虎休征瑞应，则揆之科学万不能通，今日物理既大明，固不必曲徇古人耳。

这里假如当作现代的常识看去，那原是极普通的当然的话，但孙先生如健在该是九十七岁了，却能如此说，正是极可佩服的事。现今已是民国甲申，民国的青年比孙先生至少要更年轻六十年以上，大部分也都经过高小初中出来，希望关于博物或生物也有他那样的知识，完全理解上边所引的话，那么这便已有了五分光，因为既不相信腐草为萤那一类疏阔的传说，也就同样的可以明了，羔羊非跪下不能饮乳（羊是否以

【锺校】

① “逸周书·王会”，原作“周书王会”。

跪为敬，自是别一问题），乌鸦无家庭，无从反哺，凡自然界之教训化的故事，其原意虽亦可体谅，但其并非事实也明白的可以知道了。我说五分光，因为还有五分，这便是反面的一节，即是上文所提的伦理之自然化也。

我很喜欢《孟子》里的一句话，即是，人之所以异于禽兽者几希。这一句话向来也为道学家们所称[①]道，可是解说截不相同。他们以为人禽之辨只在一点儿上，但是二者之间距离极远，人若逾此一线堕入禽界，有如从三十三天落到十八层地狱，这远才真叫得是远。我也承认人禽之辨只在一点儿上，不过二者之间距离却很近，仿佛是窗户里外只隔着一张纸，实在乃是近似远也。我最喜欢焦理堂先生的一节话[②]，屡经引用，其文云：

> 先君子尝曰，人生不过饮食男女，非饮食无以生，非男女无以生生。唯我欲生，人亦欲生，我欲生生，人亦欲生生，孟子好货好色之说尽之矣。不必屏去我之所生，我之所生生，但不可忘人之所生，人之所生生。循学《易》三十年，乃

【锺校】

①“称”原作“传”。

②原无“话”字，今增。

知先人此言圣人不易。

我曾加以说明云：

> 饮食以求个体之生存，男女以求种族之生存，这本是一切生物的本能，进化论者所谓求生意志，人也是生物，所以这本能自然也是有的。不过一般生物的求生是单纯的，只要能生存便不顾手段，只要自己能生存，便不惜危害别个的生存，人则不然，他与生物同样的要求生存，但最初觉得单独不能达到目的，须与别个联络，互相扶助，才能好好的生存，随后又感到别人也与自己同样的有好恶，设法圆满的相处。前者是生存的方法，动物中也有能够做到的，后者乃是人所独有的生存的道德，古人云人之所以异于禽兽者几希，盖即此也。

这人类的生存的道德之基本在中国即谓之仁，己之外有人，己亦在人中，儒与墨的思想差不多就包含在这里，平易健全，为其最大特色，虽云人类所独有，而实未尝与生物的意志断离，却正是其崇高的生长，有如荷花从莲根出，透过水面的一线，开出美丽的花，古人称其出淤泥而不染，殆是最好的赞语也。

人类的生存的道德既然本是生物本能的崇高化或美化，我们当然不能再退缩回去，复归于禽道，但是同样的我们也须留意，不可太爬高走远，以至与自然违反。古人虽然直觉的建立了这些健全的生存的道德，但因当时社会与时代的限制，后人的误解与利用种种原因，无意或有意的发生变化，与现代多有龃龉的地方，这样便会对于社会不但无益且将有害。比较笼统的说一句，大概其缘因出于与自然多有违反之故。人类摈绝强食弱肉，雌雄杂居的禽道，固是绝好的事，但以前凭了君父之名也做出好些坏事，如宗教战争，思想文字狱，人身卖买，宰白鸭与卖淫等，也都是生物界所未有的，可以说是落到禽道以下去了。我们没有力量来改正道德，可是不可没有正当的认识与判断。我们应当根据了生物学人类学与文化史的知识，对于这类事情随时加以检讨，务要使得我们道德的理论与实际都保持水线上的位置，既不可不及，也不可过而反于自然，以致再落到淤泥下去。这种运动不是短时期与少数人可以做得成的，何况现在又在乱世，但是俗语说得好，人落在水里的时候第一是救出自己要紧，现在的中国人特别是青年最要紧的也是第一救出自己来，得救的人多起来了，随后就有救别人的可能。这是我现今仅存的一点梦想，至今还乱写文章，也即是为此梦想所眩惑也。

（民国甲申立春节）

文艺复兴之梦

文艺复兴是一件好事情。近来时常有人提起中国的文艺复兴，我们听了自然是无不喜欢的，但是这到底是怎么一回事，却又一时说不清楚，大概各人心里只有一个漠然的希望，但愿中国的文艺能够复兴而已。不过文艺复兴是一句成语，我们说到他便自然有些联想，虽然不免近于迂阔，这里且来简单的考虑一下。

文艺复兴的出典，可以不必多说，这是出于欧洲的中古时代。笼统点说来，大抵可以算作十四世纪中至十六世纪末，在中国历史上或者可云始于马可波罗之西返，讫于利玛窦之东来罢。这时候欧洲各民族正在各自发展，实力逐渐充实，外面受了古典文化的影响，遂勃然兴起，在学术文艺各方面都有进展，此以欧洲的整个文化言故谓之"再生"，若在各民族实乃是一种新生也。中国沿用日本的新名词，称这时期为文艺复兴，其实在文学艺术之外还有许多别的成就，所以这同时也是学问振兴，也是宗教改革的时代。内在的精力与外来的影响都是整个的，所以其结果也是平匀发展，不会枝枝节节偏于局部的。我们一时来不及严密的去查书本，只就平常显著在人耳目间的姓氏来说，如有美术方面的达文西、密凯兰及罗，文学方面的但丁、薄伽乔、拉勃来、西万提司、沙士比亚，思想方面的厄拉思穆斯、培根、蒙田，宗教方面的路德，各方面都有人，而且又是巨人，都有不朽的业绩。以后各时代的学问艺术也均自有其特色，但是在人与事业的重与大与深与厚上面，是再也没有可以和这相比的了。

这样的一种整个的复兴，的确值得景仰与羡慕，希望自己的国里也有这么一回幸运的事，即使显然有点近于梦想，我也总是举起两手赞成，而且衷心愿望的。

关于欧洲的文艺复兴还有可以注意的一点，便是他的内外两重的原因。内的是民族自有的力量，在封建制度与旧教的统治下自然养成一种文化上的传统，这里固然有好的一部分，后来就成为国民精神的基本，却也有坏的一部分，逐渐在酝成自然的反动。外不必说那是外来的影响，这引动内面的力量，使之发生动作，因其力之大小而得成就，如佛经所云，随其福行，各得道迹，我们读史于此可以获得很大的教训。西罗马亡后，欧洲各民族开始建国，自立基础，及东罗马亡，学者多亡命欧陆，希腊罗马的古典文化亦随以流入，造成人文主义的思潮，在历史上的结果便是那伟大的文艺复兴。当时义大利因承受罗马的传统，其发动为最早，若是影响西欧全部，成为显明的文化运动，那已在君士但丁堡陷落之后，盖在十五世纪中叶矣。各民族的精力为所固有，唯思想上所有者，在封建制度则为君，在旧教则为神耳，得古希腊人之人间本位思想而发生变化，近代文明也可以说由此发轫。希腊罗马的文化已古老矣，唯其法力却仍复极大，当时古典之研究与传播虽或似有闲的工作，而其影响效力乃有如此者，此看似奇怪，实在则亦并不奇也。古典文书之流通最初只是传抄，及古登堡造活字板，传播更为容易，中国在这里也总算略有资助，虽然出于间接，总之是有了关系，及利马窦、南怀仁辈东来，也带来了好些还礼，凡中国最早所接受到的泰西文物，无论是形而上下，那时从义大利、日耳曼拿来的东西，殆无一不是文艺复兴之所赐也。

以上所说，并不曾考查文书，只凭记得的事情胡乱谈一气①，谬误恐所不免，但大抵也就是那么情形罢。我们再回过来看本国的文艺复兴问题，是怎么样呢？古今中外的情形不同，我们固然也不好太拘执的来比较，不过大体上说总是可以的。譬如说，文艺复兴应是整个而不是局部的。照这样看去，日本的明治时代可以够得上这样说，虽然当时并未标榜文艺复兴的名称，只把他作为维新运动之文化方面的成就而已。这个看法实在是很对的，因为明治文学的发达并不是单独的一件事，那时候在艺术、文史，理论的与应用的科学，以至法政军事方面，同样的有极大的进展，事实与理论正是相合。中国近年的新文化运动可以说是有了做起讲之意，却是并不②做得完篇，其原因便是这运动偏于局部，只有若干文人出来嚷嚷，别的各方面没有什么动静，完全是孤立偏枯的状态，即使不转入政治或社会运动方面去，也是难得希望充分发达成功的。后来的事情怎么样？

这恐怕是一代不如一代，中日事变前十年间的成绩大家多还记得，可以不必赘说。中国现在正是受难时期，古人云多难兴邦，大家的确不可没有这样一个

【锺校】

①“气”原作“起”。

②“并不”原作“不并”。

大誓愿，在自定的范围内尽年寿为国家尽力，但这只是尽其在我，要想大事成就还须得有各方面的合作。若是偏信自己的事业与力量最胜，可以集事，此种大志固亦可嘉，唯在事实上却总是徒然也。

根据欧洲中世纪的前例，在固有的政教的传统上，加上外来的文化的影响，发生变化，结果成为文艺复兴这段光荣的历史。中国如有文艺复兴发生，原因大概也应当如此。不过这里有一件很不相同的事，欧洲那时外来的影响是希腊罗马的古典文化，古时虽是某一民族的产物，其时却早已过去，现今成为国际公产，换句话说便是没有国旗在背后的。而在现代中国则此影响悉来自强邻列国，虽然文化侵略未必尽真，总之此种文化带有国旗的影子，乃是事实。接受这些影响，要能消化吸收，又不留有反应与副作用，这比接受古典文化其事更难，此其一。希腊思想以人间本位为主，虽学术艺术方面杂多，而根本则无殊异，以此与中古为君为神的思想相对，予以调剂，可以得到好结果，现代则在外国也是混乱时期，思想复杂，各走极端，欲加采择，苦于无所适从，此其二。民初新文化运动中间，曾揭出民主与科学两大目标，但不久展转变化，即当初发言人亦改口矣，此可为一例。国民传统率以性情为本，力至强大，中国科举制度与欧洲文艺复兴同时开始，于今已有五百馀年，以八股式的文章为手段，以做官为目的，奕世相承，由来久矣。用了这种熟练的技巧，应付新来的事物，亦复绰有馀裕，于是所谓洋八股者立即发生，即有极好的新思想，也遂由甜俗而终于腐化，此又一厄也。拉杂说到这里，似乎都是些消极话，却并非作者本意，这原来有如治病，说体质何处亏损，病证如何情形，明白之后才能下药，现在也就是这个意思，如或病重药轻，能否立见功效，那自然又是别一回事，不能并作一谈者也。

我们希望中国文艺复兴是整个的，就是在学术文艺各方面都有发展，成为一个分工合作，殊途同归的大运动。弄文笔的自然只能在文艺方面尽力，但假如别的方面全然沉寂，则势孤力薄，也难以存立。文人固然不能去奔走呼号，求各方的兴起援助，亦不可以孤独自馁，但须得有此觉悟，我辈之力尽于此，成固可喜，败亦无悔，唯总不可以为文艺复兴只是几篇诗文的事，旦夕可成名耳。本国固有的传统固不易于变动，但显明的缺点亦不可不力求克服，如八股式文的作法与应举的心理，在文人胸中尤多存留的可能，此所应注意者一。对于外国文化的影响，应溯流寻源，不仅以现代为足，直寻求其古典的根源而接受之，又不仅以一国为足，多学习数种外国语，适宜的加以采择，务深务广，依存之弊自可去矣，此所应注意的二。民国初年的新文化运动，参加者未尝无相当的诚意，然终于一现而罢，其失败之迹可为鉴戒，深望以后能更注意，即或未能大成，其希望自必更大矣。中国文艺复兴，此名称极佳，吾辈固无日不在梦想中，虽曰立春之后梦无凭据，唯愿得好梦，不肯放弃，固亦人情之常，不足怪者也。

（三十三年二月二十九日，北京）

论小说教育

吴渔川口述的《庚子西狩丛谈》五卷，以前曾经阅过，近日得上海新翻印本，寒夜听窗外风声，重读一遍，多所感触。关于庚子资料，龙顾山人《庚子诗鉴》所集已多，唯吴君所述者系其亲历，自别有亲切有味之处，但是不佞特别有感者，却在于笔述者甓园居士之论断。居士总论拳乱之根本症结，不外二端，一则民智之过陋，一则生计之窳薄，易言之即是愚与贫耳。其论民智之过陋云：

> 北方人民简单朴质，向乏普通教育，耳目濡染，只有小说与戏剧之两种观感，戏剧仍本于小说，即谓之小说教育可也。小说中之有势力者无过于两大派，一为《封神》《西游》，侈仙道鬼神之魔法，一为《水浒》《侠义》，状英雄草泽之强梁，由此两派思想浑合制造，乃适为构成义和拳之原质。故各种教术之统系于北方为独盛，

> 自义和团而上溯之，若白莲天方八卦等教，皆不出于直鲁晋豫各境。据前清嘉庆年间那彦成疏中所述教匪源流，盖亡虑数十百种，深根固蒂，滋蔓已遍于大河南北，名目虽异，实皆与拳教同一印版，被之者普，而入之者深，虽以前清之历次铲刈，而根本固不能拔也。

后面论拔本塞源之计，以为应从改革民众社会着手，也分为二端，一则注重于普通教育，一则注重于普通生业。其论普通教育云：

> 改良小说，改良戏剧，组织乡约里社，实行宣讲，以种种方法，使下级社会与中上级逐渐接近，以相当之知识，递相输灌，使多数民众略明世界大势与人类生存之正理，勿侈言学校普及，炫难得之远功，而忽可能之近效，则事半而功自倍。

论生计这一方面本来也颇有精义，现在只抄取关于民智这一部分，其脉案其方剂都很得要领，殊不易得。特别是注重社会教育，欲使下级社会与中上级逐渐接近，又使多数民众略明世界大势与人类生存之正理，这两点很是切要，自有特殊的见识，非一般知识阶级所及。刘君说这话的时候是在民国十六年，现在又已过了十六年的光阴，重复听到，还觉得极有意义，但中国国内情形之无甚进步，也即此可见了。

下级社会与中上级游离，固然是不好的事，但是中国的现象，又显得中上级社会的见识渐与下级接近，其重大性也极值得考虑。大家知道，庚子事变的远因在于中国民智之过陋与生计之窳薄，其近因在于外国教士之跋扈，政府诸要人之荒谬，这末一件事易言之即是官与拳匪同是一般见识。刚毅奏称董福祥是臣的黄①天霸，此轶事已脍炙人口，证明他的知识不出戏剧小说，此外袒拳诸臣工既已明见处分，其荒谬是无可疑的了。但是举朝衮衮诸公，幸免于拳案的惩戒者，不知其中究有若干人不信奉关圣帝君与文昌帝君的？关圣原来也是拳匪所奉，即信仰文昌帝君，此又与鸿钧老祖有何区别？

小说教育，可以说是中国的国民教育，自天子以至于庶人一是皆以此为本，这里已经分不出什么上下或天泽之辨了。翁方纲在《陶庐杂录》序中云：

> 梧门蒙古世家，原名运昌，以与关帝号音相近，诏改法式善。

关帝号者何？云长也。这与运昌二音平仄阴阳均不一致，却奉诏避讳更名。诏者何？乾隆皇帝之命令也。

【锺校】

①“黄”原作“王”。

据说戏子唱三国的戏，扮关羽的报名必曰，吾乃关公是也。这样便两极端碰在一起，变成了一个圈子了。中国人心中有两个圣贤英雄，曰关羽岳飞，有两个奸臣恶人，曰曹操秦桧。这是从那里来的？大家知道这出于两部书，一曰《三国演义》，一曰《说岳全传》，其支流则有说书与演戏，使之渐益普及与深入。士大夫如读宋朝史书以至野史杂记，有感于靖康之际，慷慨奋发，痛三字狱之冤，大骂秦桧，此犹是人情之常，若阅陈寿《三国志》关羽传，乃极致倾倒，则为无理矣。今既轻信小说，关岳并尊，又接受万历时之乱命，称关羽为伏魔大帝，种种神怪之说益多，悉见于文人之记载，由上及下，变本加厉，士子供关帝像诵《明圣经》，而老百姓乃练拳舞刀，关圣附身矣。故小说教育殆已遍及于中国上下，而士大夫实为之首，虽时至今日，政体变革，新式教育已实行四十年之久，此种情形大旨仍无异于昔日也。本来小说非不可读，且并非不可用之于教育，只要用得其道，简单的说就是当作小说去看。艺术据说原从宗教出来，宗教极是严肃的东西，但是一步退后，不加入巡行礼赞的行列里，保持着一点距离，立着观看，即是由宗教的体验出而入于艺术的赏玩了。俗语云，只看见和尚吃馒头，弗看见和尚受戒。受戒与吃馒头，在和尚虽是苦乐不同，有义务与权利之别，但都是正经事，唯在家人旁立负手而观之，或有兴趣与才能，作为略画，则渐移而为艺术，盖其苦乐之情固尚存在，而中有距离，非如身受者之切迫而无回旋之馀地也。《三国》《说岳》本是演义，《封神》《水浒》更是假作故事，都很明了，不必多说，即是古代神话，如希伯来希腊所有者，最初实是教典史书，人民所共信守，但是时代转移，也就被视为文艺作品，其影响及于后世文学美术者极大，如宙斯大神今固已非复君临阿林坡斯山上之帝君，然其威严的像与故事则仍俨然存在也。中国的读书人不知怎的把许多事都弄颠倒了，史书只当作写史论的题目资料，拿来一段千数年前的往事，也不细问前因后果，但依据正名之说，加以褒贬，如念符咒，以为有益于人心世道，而演义说部则视若正史，大是奇事。

一般士人能作诗文，谈性理，似非民众所能企及，但除此而外，其思想感情殆无甚大差异。

史传中朱温之恶甚于曹操，张弘范吴三桂辈之恶甚于秦桧，老百姓不读史，只听演义，故不知曹秦之外尚有朱张吴等，士人读史而亦只信演义，故知有朱张吴而亦仍只恨曹秦，其见识结果与老百姓一样，但白多读了许多书而已。照这样情形看来，最先应做的乃是把中上级的知识提高，随后再使下级社会与中上级接近，减去小说教育之势力，民智庶几可以上进。至其方法，不过在于使士大夫知道正当读书之法，即是史当作史读，小说当作小说看而已，别无其他巧妙，所难者只是千年旧习不易猝改，又学徒众多，缺少良塾师忍坐冷板凳而为之指教耳。

总而言之，中国现今本来还是革命尚未成功，思想界也依然还是旧秩序，那是当然的事。要打破这个浑沌情形，靠外来思想的新势力是不行的，一则传统与现状各异，不能适合，二则喧宾夺主，反动必多，所以可能的方法还是自发的修正与整理。我想思想革命有这两要点，至少要能做到，一是伦理之自然化，一是道谊之事功化。中国儒家重伦理，此原是很好的事，然持之太过，以至小羊老鸦皆明礼教，其意虽佳，事乃近诬，可谓自然之伦理化，今宜通物理，顺人情，本天地生物之心，推知人类生存之道，自更坚定足据，平实可行。次则儒者常言，正其谊不谋其利，明其道不计其功，此语固亦甚佳，但个人可以用作修身之准则，若对于家国人民，必须将道谊见诸事功，始能及物，乃为不负，否则空言无补，等于清谈也。

上述两点原来也颇平凡，看去别无什么了不得的地方，可是我觉得极是切要，可是也非常难办，比两极端的主张为尤甚，盖中庸的做法在旧的嫌过激，新的又嫌保守，大抵两不讨好也。此事还是着重在知识阶级，须是中学教得好，普通学科皆能活用，常识即已完具，再予以读书之指导，对于古今传承的话知所取舍，便可算成功了。中坚层既已造成，再加推广当不甚难，甓园居士的理想乃可实现，否则骑瞎马者还是盲人，与庚子前后情形无大差异，民智与民生之改进仍无希望。我时时想起明季的李卓吾，他的行为不免稍有怪僻处，但其见识思想多极明白通达，甚不易得，而一直为世人所恶，视若二毛子，无非因有带有思想革命之倾向耳，由是可知此种运动以至提倡实大不易，我辈现今得以略略谈谈者，实在乃民国之赐，正不可不知感激者也。

（民国癸未十二月大雪节）

女子与读书

十一月间凌女士来访，接到佐藤女史的信，叫我给杂志写文章。我很想帮忙，可是很有点儿为难。这并不是因为没有闲暇，大抵费一两天的工夫写篇小文，也还有这机会。所说的困难乃是缺乏好的题材，因为一种杂志假如是特殊性质，或读者限于某范围内的，那么这文章也就不大好写，至少为了受这性质与范围的拘束，不能够随意的要说什么就说什么。为了这个缘故，一连耽搁了两个月，不曾写得出一点东西来。近日忽然想到，略为介绍日本现代女作家的文章吧。这题目倒是恰好，可是怎么办才好呢？我在日本留学还是在明治时代，已是四十年前的事了，因此我所知道的日本文学也以那时代为主，后来的事情就比较很是隔膜，要问现今的女作家谁最有名，我都回答不过来，此其一。正式的讲介绍，自以评论为重要，这个固然不敢下笔，就是说翻译，也是极不容易，莫说诗歌，即小说也是如此，此其二。这样的一归结起来，那么可说的自然就限于明治末期，文学的种类也只是散文中的感想文与随笔而已。

明治四十年前后是日本新文学很发达的时期，我们所注意的女作家有好几个。佐藤俊子女史的小说《她的生活》还是记得，在二十年前我们编译《现代日本小说集》的时候，序文中说及原来拟定而未及翻译的几家，即有佐藤女史在内，可是后来第二集不曾着手，所以终于没有译出。此外还有一位是森茂子夫人，笔名写作森茂女，在杂志《昴》的上边发表小说《狂花》等数篇，后来印成单行本，就以此为书名。本来女小说家也并不少，但是她们所写的女人多不免以男子的理想为标准，或是贤媛，或是荡妇，都合于男子所定的畴范，但总之不是女子的天然本色。

我读中国闺秀的诗文集，往往有此种感觉，假如有美这也是象牙美人之美罢了。上边所说的两位所写的却不是这种意味的小说，即使不能说达于理想之域，总之是女性自身的话，有许多是非女人不能知不能言的，这一点乃是极可珍重的事。可是小说翻译很不容易，既如上述，那么这也只好搁下，等候将来适任的人来做。与谢野晶子夫人本是歌人，却也多写批评感想的文章，歌集不敢以不知为知，只买得《晶子歌话》与《歌之作法》两种，感想文集有十四册，则差不多都陆续得到了。其第一册书名《从角落里》，系明治四十四年出版，即是辛亥那一年，已是三十二年前事了，现在拿出来一看，仍旧觉得很可佩服，其见识深远非常人所能及。与谢野夫人的第五册感想集名曰《爱与理性及勇气》，这可以代表感想全部的内容，实在是最适切的评语。我在民国六年译过一篇《论贞操》的文章，登在《新青年》上，至今重阅这最早的感想集，里边好议论还是不少，但是要想整篇的翻译，却又一时不易做到。译者的懒是一个原因，其次是文章是旧了而意思可以仍新，有时候历时愈久而新的意味增加，因此也就是不合时式。馀下来可做的事，是找一篇平常点的文章，摘要叙述，以见一斑。原来这一册《从角落里》的感想集里列着二十个题目，惟末尾的《杂记帐》一目实在乃是总名，收容长短文章甚多，占全书分量之半，约有三百馀页。其中有一短篇，是劝人读书的，现在便介绍过来，也说不清是抄是译了。

对于现今在家庭里的青年女性有一件希望的事，便是为得将来可以做得丈夫的伴侣，做得儿女的教师，又使得自己的心贤明聪慧，温雅开阔，在短的一生里享受长的精神上的快乐起见，每日至少要有一小时，就是在晚上把睡眠时间减省下来也好，养成读书的习惯。外国的女人就是在火车里也不放下书籍，日本则平安朝以后的女人大抵不爱读书，虽然男子也是一样。近时年青的女子在结婚以前还在读书，及至做了家庭里的人，便是心爱的小说也再不拿起来了。说是家庭的事务烦忙么，其实说废话所耗费的时间着实不少。或者因为职业关系，全无馀暇的人也会有的，但是只要用心，在一星期中省出一两小时的读书时间并非不可能。故樋口一叶女史在家中做着副业，供给一家数口，却也能够那么样的著作和读书。

关于所读书籍的种类，最好还是多取硬性的书物。哲学、心理学、历史、动植物学，这些书可以补这方面所缺的智识，养成细密的观察与精确的判断力，于今后的妇人均为必要。哲学书可以先读三宅博士著的《宇宙》，心理学有元良博士的讲义，自然科学则丘博士著《进化论讲话》与《物种由来》，石川博士的《动物学讲话》，日本历史有久米博士的《古代史》等，顶好不要读断片的东西，只取有信用的专门家所写的整册大著，孜孜矻矻的看下去，养成这种习惯最为要紧。古典书中也可以从《古事记》那里起，顺着时代去读历史及文学的书，汉文所写的似乎有点不容易读，可是只要字面看惯了，自然意味也会懂得，譬如《庄子》、《论语》、唐宋的诗集，或是佛教的书，找人指教了读下去也很有意味。像我这样关于汉文或国文一行半句都没有跟人学过，可是在母家的时候偷了店务的馀闲，独自学读，实行读书百遍其义自见的办法，也渐渐的懂得意义了。

我劝大家读硬性的书，不大劝人读软性的文学书的缘故，便是因为先从文学读起，则硬性的书便将觉得难读，不大喜欢，不容易理解了。假如一面读着可以磨炼理性，养成深锐的判断力的书籍，再去读软性的文学书，就会觉得普通甜俗的小说有点儿无聊，读不下去了，因此对于有高尚趣味的文学书加以注意，自能养成温雅的情绪。本来女人容易为低级的感情所支配，轻易的流泪，或无谓的生气，现在凭了硬性的学问，使得理性明确，自不至为卑近的感情所动，又因了高尚的艺术，使得感情清新，于是各人的心始能调整，得到文明妇人的资格，对于夫可为贤妻，对于子可为贤母，在社交界可为男子的好伴侣。

大家都以此种抱负，各自努力去养成读书的习惯罢。即使没有这些大抱负，儿女们不久将进学校了，大家不可使儿童单只依赖学校的教育，须得使他们觉得父母所知道的事比学校教育更为广大，对于家庭的教育信用而且尊敬才好。因此磨炼自己，可以成为儿童们的学问的顾问，正是必要。假如真是深爱儿童，父母先自成为贤明，再将儿童养育成贤明的人，那是很切紧的事吧。

以上的话虽是三十多年前所说，但是我觉得在现今还是都很对，所以抄了出来，以供现代中国诸位女士们的参考。

（民国三十二年十二月三十日）

灯下读书论

以前所做的打油诗里边，有这样的两首是说读书的，今并录于后。其辞曰：

饮酒损神茶损气，读书应是最相宜，
圣贤已死言空在，手把遗编未忍披。
未必花钱逾黑饭，依然有味是青灯，
偶逢一册长恩阁，把卷沉吟过二更。

这是打油诗，本来严格的计较不得。我曾说以看书代吸纸烟，那原是事实，至于茶与酒也还是使用，并未真正戒除。书价现在已经很贵，但比起土膏来当然还便宜得不少。这里稍有问题的，只是青灯之味到底是怎么样。古人诗云，青灯有味似儿时。出典是在这里了，但青灯究竟是怎么一回事呢？同类的字句有红灯，不过那是说红纱灯之流，是用红东西糊的灯，点起火来整个是红色的，青灯则并不如此，普通的说法总是指那灯火的光。苏东坡曾云，纸窗竹屋，灯火青荧，时于此间，得少佳趣。这样情景实在是很有意思的，大抵这灯当是读书灯，用清油注瓦盏中令满，灯芯作炷，点之光甚清寒，有青荧之意，宜于读书，消遣世虑。其次是说鬼，鬼来则灯光绿，亦甚相近也。若蜡烛的火便不相宜，又灯火亦不宜有蔽障，光须裸露，相传东坡夜读佛书，灯花落书上烧却一僧字，可知古来本亦如是也。至于用的是什么油，大概也很有关系，平常多用香油即菜子油，如用别的植物油则光色亦当有殊异，不过这些迂论现在也可以不必多谈了。总之这青灯的趣味在我们曾在菜油灯下看过书的人是颇能了解的，现今改用了电灯，自然便利得多了，可是这味道却全不相同，虽然也可以装上青蓝的磁罩，使灯光变成青色，结果总不是一样。所以青灯这字面在现代的词章里，无论是真诗或是谐诗，都要打个折扣，减去几分颜色，这是无可如何的事，好在我这里只是要说明灯右观书的趣味，那些小问题都没有什么关系，无妨暂且按下不表。

圣贤的遗编自然以孔孟的书为代表，在这上边或者可以加上老庄吧。长恩阁是大兴傅节子的书斋名，他的藏书散出，我也收得了几本，这原是很平常的事，不值得怎么吹嘘[①]，不过这里有一点特别理由。

【锺校】

①“嘘”原作“听”。

我有的一种是两小册抄本，题曰“明季杂志”。傅氏很留心明末史事，看《华延年室题跋》两卷中所记，多是这一类书，可以知道，今此册只是随手抄录，并未成书，没有多大价值，但是我看了颇有所感。明季的事去今已三百年，并鸦片洪杨义和团诸事变观之，我辈即使不是能惧思之人，亦自不免沉吟，初虽把卷终亦掩卷，所谓过二更者乃是诗文装点语耳。那两首诗说的都是关于读书的事，虽然不是鼓吹读书乐，也总觉得消遣世虑大概以读书为最适宜，可是结果还是不大好，大有越读越懊恼之慨[①]。盖据我多年杂览的经验，从书里看出来的结论只是这两句话，好思想写在书本上，一点儿都未实现过，坏事情在人世间全已做了，书本上记着一小部分。昔者印度贤人不惜种种布施，求得半偈，今我因此而成二偈，则所得不已多乎。至于意思或近于负的方面，既是从真实出来，亦自有理存乎其中，或当再作计较罢。

圣贤教训之无用无力，这是无可如何的事，古今中外无不如此。英国陀生在讲希腊的古代宗教与现代民俗的书中曾这样的说过：

> 希腊国民看到许多哲学者的升降，但总是只

【锺校】

①“慨”原作“概”。

抓住他们世袭的宗教。柏拉图与亚利士多德，什诺与伊壁鸠鲁的学说，在希腊人民上面，正如没有这一回事一般。但是荷马与以前时代的多神教却是活着。

斯宾塞在寄给友人的信札里，也说到现代欧洲的情状：

宣传了爱之宗教将近二千年之后，憎之宗教还是很占势力。欧洲住着二万万的外道，假装着基督教徒，如有人愿望他们照着他们的教旨行事，反要被他们所辱骂。

上边所说是关于希腊哲学家与基督教的，都是人家的事，若是讲到孔孟与老庄，以至佛教，其实也正是一样。在二十年以前写过一篇小文，对于教训之无用深致感慨，末后这样的解说道：

这实在都是真的。希腊有过梭格拉底，印度有过释迦牟尼，中国有过孔子老子，他们都被尊崇为圣人，但是在现今的本国人民中间，他们可以说是等于不曾有过。我想这原是当然的，正不必代为无谓的悼叹。这些伟人倘若真是不曾存在，我们现在当不知怎么的更为寂寞，但是如今既有言行流传，足供有知识与趣味的人的欣赏，那也就尽够好了。

这里所说本是聊以解嘲的话，现今又已过了二十春秋，经历增加了不少，却是终未能就此满足，固然也未必真是床头摸索好梦似的，希望这些思想都能实现，总之在浊世中展对遗教，不知怎的很替圣贤感觉得很寂寞似的，此或者亦未免是多事，在我自己却不无珍重之意。前致废名书中曾经说及，以有此种怅惘，故对于人间世未能恝置，此虽亦是一种苦，目下却尚不忍即舍去也。

《闭户读书论》是民国十七年冬所写的文章，写的很有点别扭，不过自己觉得喜欢，因为里边主要的意思是真实的，就是现在也还是这样。这篇论是劝人读史的。要旨云：

> 我始终相信《二十四史》是一部好书，他很诚恳地告诉我们过去曾如此，现在是如此，将来要如此。历史所告诉我们的，在表面的确只是过去，但现在与将来也就在这里面了。正史好似人家祖先的神像，画得特别庄严点，从这上面却总还看得出子孙的面影，至于野史等更有意思，那是行乐图小照之流，更充足的保存真相，往往令观者拍案叫绝，叹遗传之神妙。

这不知道算是什么史观，叫我自己说明，此中实只有暗黑的新宿命观，想得透彻时亦可得悟，在我却还只是怅惘，即使不真至于懊恼。我们说明季的事，总令人最先想起魏忠贤客氏，想起张献忠李自成，不过那也罢了，反正那些是太监是流寇而已。使人更不能忘记的是国子监生而请以魏忠贤配享孔庙的陆万龄，东林而为阉党又引清兵入闽的阮大铖，特别是记起《咏怀堂诗》与《百子山樵传奇》，更觉得这事的可怕。史书有如医案，历历记着证候与结果，我们看了未必找得出方剂，可以去病除根，但至少总可以自肃自戒，不要犯这种的病，再好一点或者可以从这里看出些卫生保健的方法来也说不定。我自己还说不出读史有何所得，消极的警戒，人不可化为狼，当然是其一，积极的方面也有一二，如政府不可使民不聊生，如士人不可结社，不可讲学，这后边都有过很大的不幸做实证，但是正面说来只是老生常谈，而且也就容易归入圣贤的说话一类里去，永远是空言而已。说到这里，两头的话又碰在一起，所以就算是完了，读史与读经子那么便可以一以贯之，这也是一个很好的读书方法罢。

古人劝人读书，常说他的乐趣，如《四时读书乐》所广说，读书之乐乐陶陶，至今暗诵起几句来，也还觉得有意思。此外的一派是说读书有利益，如云书中自有黄金屋，书中自有颜如玉，是升官发财主义的代表，便是唐朝做《原道》的韩文公教训儿子，也说的这一派的话，在世间势力之大可想而知。我所谈的对于这两派都够不上，如要说明一句，或者可以说是为自己的教养而读书吧。既无什么利益，也没有多大快乐，所得到的只是一点知识，而知识也就是苦，至少知识总是有点苦味的。古希伯来的传道者说：

> 我又专心察明智慧狂妄和愚昧，乃知这也是捕风，因为多有智慧就多有愁烦，加增知识就加增忧伤。

这所说的话是很有道理的。但是苦与忧伤何尝不是教养之一种，就是捕风也并不是没有意思的事。我曾这样的说：

> 察明同类之狂妄和愚昧，与思索个人的老死病苦，一样是伟大的事业。虚空尽由他虚空，知道他是虚空，而又偏去追迹，去察明，那么这是很有意义的，这实在可以当得起说是伟大的捕风。

这样说来，我的读书论也还并不真是如诗的表面上所显示的那么消极。可是无论如何，寂寞总是难免的，唯有能耐寂寞者乃能率由此道耳。

（民国甲申八月二日）

谈翻译

有好些事情，经过了多少年的努力以后，并未能做出什么成绩，可是有了这许多经验，能够知道其中的甘苦黑白，这也是可珍重的一件事。即如翻译就是一例。我从清光绪甲辰即一九零四年起，在南京的学堂里就开始弄笔，至今已有四十个年头了，零整译品无甚足道，但是凭了这些经验，即使是失败的经验，也就有了经验之谈，现今大可拿来谈谈了。

第一可谈的是翻译的文字。这里可以分作两面，一是所译的本国文，二是原来的外国文。本国译文自然只是一种汉文，可是他又可以有文言与白话之分。据我看来，翻译当然应该用白话文，但是用文言却更容易讨好。自从严幾道发表宣言以来，信达雅三者为译书不刊的典则，至今悬之国门，无人能损益一字，其权威是已经确定的了。但仔细加以分析，达雅重在本国文方面，信则是与外国文有密切关系的。必须先将原来的文字与意思把握住了，再找适合的本国话来传达出来，正当的翻译的分数似应这样的打法，即是信五分，达三分，雅二分。

假如真是为书而翻译，则信达最为重要，自然最好用白话文，可以委曲也很辛苦的传达本来的意味，只是似乎总缺少点雅，虽然据我说来白话文也自有其雅，不过与世俗一般所说不大同，所以平常不把他当作雅看，而反以为是俗。若是要想为自己而翻译的话，那么雅便是特别要紧，而且这还是俗受的雅，唯有用文言才能达到目的，不，极容易的可以达到目的。

上边的话并非信口开河，乃是我自己从经验上得来的结果。简单的办法是先将原文看过一遍，记清内中的意思，随将原本搁起，拆碎其意思，另找相当的汉文一一配合，原文一字可以写作六七字，原文半句也无妨变成一二字，上下前后随意安置，总之只要凑得像妥帖的汉文，便都无妨碍，唯一的条件是一整句还他一整句，意思完全，不减少也不加多，那就行了。

这种译文不能纯用八大家，最好是利用骈散夹杂的文体，伸缩比较自由，不至于为格调所拘牵，非增减字句不能成章，而且这种文体看去也有色泽，因近雅而似达，所以易于讨好。这类译法似乎颇难而实在并不甚难，以我自己的经验说，要比用白话文还容易得多，至少是容易混得过去，不十分费力而文章可以写得像样，原意也并不怎么失掉，自己觉得满足，读者见了也不会不加以赏识的。这可以说是翻译的成功捷径，差不多是事半而功倍，与事倍功半的白话文翻译不可同年而语。我们于一九零九年译出《域外小说集》二卷，其方法即是如此，其后又译了《炭画》与《黄蔷薇》，都在辛亥以前，至民国六年为《新青年》译小说，始改用白话文。文言译书不很费力而容易讨好，所以于译者有利，称曰为自己而翻译，即为此故。不过若是因为译者喜欢这本原书，心想介绍给大家去看，那么这是为译书而翻译了，虽然用文言译最有利益，而于读者究不方便，只好用白话文译去，亦正是不得已也。至于说到外国文这一边，那就没有几句话即可说了。我想在原则上最好是直接译，即是根据原书原文译出，除特别的例外在外，不从第二国语重译为是。可是这里有几个难问题。一、从第二国语重译常较直接译为容易，因原文有好些难解的熟语与句法，在第二国语译本多已说清，而第二国语固有的这些难句又因系译文之故多不滥用，故易于了解。要解除这个困难，应于原文原书之外，多备别国语的译本以备参考比较。二、外国语的智识不深，那时不识艰难，觉得翻译不很难，往往可以多有成绩，虽然错误自然也所不免。及至对于这一国语了解更进，却又感到棘手，就是这一句话，从前那么译了也已满意了，现在看出这里语气有点出入，字义有点异同，踌躇再四，没有好办法，结果只好搁笔。这样的例很是普通，有精通外国语的前辈谦虚的说没法子翻译，一生没有介绍过他所崇拜的文人的一篇著作。这里没有好的解决方法，只有迂阔的一句话，希望译者努力勉为其难而已。

其次且一谈翻译的性质，或者可以称作态度。这里大概可分三种，一是职务的，二是事业的，三是趣味的。职务的翻译是完全被动的，因职务的关系受命令而翻译，这种人在日本称为通译，中国旧称通事，不过从前只重在传话，现在则改为动笔而已。跟了教士传道，则说天堂，在洋行里谈生意经，如办外交又须讲天下大事，此种工作要有极大语学能力，却可以不负责任。用在译书上也正是如此，时代有时很需要他，而人才难得，有些能力的人或者不大愿意做通事的生意，因此这类工作难得很好的成绩，至于读者方面之不看重还是在其次了。

事业的翻译是以译书为其毕生的事业，大概定有一种范围，或是所信仰的宗教，或是所研究的学术，或是某一国某一时代的文艺，在这一定的范围内广泛的从事译述绍介。中国自晋至唐的译经事业是一个好例，最值得称赞，近时日本翻译外国文学，有专译特别一国的，如古希腊罗马，中国，俄国，义大利以及西欧各国，都有若干专家，孜孜矻矻的在做着这种工作，也是很足供我们取法的。这是翻译事业的正宗，其事业之发达与否，与一国文化之盛衰大有关系。可惜这在我国一直就不很发达。至于趣味的翻译乃是文人的自由工作，完全不从事功上着想，可是其价值与意义亦仍甚重大，因为此种自动的含有创作性的译文多具有生命，至少也总是译者竭尽了心力，不是模糊敷衍之作，那是无疑的。所谓趣味的，或者这里也略须解说。这并不说是什么有趣味的书，实在只是说译者的工作纯粹从他的趣味上出发，即是对于所译的书译者衷心的爱好，深切了解作者的思想，单是自己读了觉得可惜，必须把它写出来多给人看才为满意，此是一种爱情的工作，与被动的出于职务关系者正是相反也。不过这样的翻译极不容易，盖因为知之深，爱之极，故着笔也就很难，不必等批评家来吹毛求疵，什么地方有点不妥当自己早已知道，往往写不到一半，就以此停滞，无法打通这难关，因而只好中止者，事常有之。要想翻译文学发达，专来期待此项作品，事实上本不可能，但是学术文艺的译书中去找出有生命的，大抵以此项为多，此亦是自然的事。译者不以译书为事业，但只偶尔执笔，事实是翻译而当作自己的创作做去，创作的条件也是诚与达，结果仍是合格的译书，此盖所谓闭户造车，出门合辙，正是妙事，但亦不易得，殆是可遇而不可求者也。上边所说三种或者都有必要，事业的翻译前已说过是为正宗，但是这须政治与文化悉上轨道，有国家的力量为其后盾，才能发展成功。趣味的翻译虽是一星半点，不能作有系统的介绍，在兵荒马乱的时代或者倒是唯一的办法，于学艺前途不无小补。职务的翻译也是好的，不过这是属于机关或公司的事情，有些在政策或什么上要赶紧译出的东西便应交给办理，与普通的翻译家无干。个人尽他的良心与能力，翻译自己所想译的书，那就好了，社会与国家可以不要他的翻译，以至于不准，即是禁止出版，可是不能强迫他必须翻译某一种某一册书，因为翻译并不是通译。世间热心的人们看见一篇译文，常说这也不错，但为什么不译某一方面的作品呢，可惜见识尚缺，或是认识不足。译者对于各种批评固然愿意听受，但是也希望批评者要承认他不是雇定的通事，他没有一定要那么做的义务。

这道理本来很简单，却常有人不免误会，顺便于此说明几句。

此外还有些琐屑的翻译经验，本想写进去，因为这是自己的事，写得不好便容易俗，而且反正也没有多大的意思，今且从略，或者将来看机会再写吧。

（中华民国三十三年甲申初春，北京）

怠工之辩

绍昌先生左右：

日前张铭三君来，送来《日本研究》第四期一册，并所惠赠之佐佐木理译《希腊神话论考》一册，领收谢谢。哈利孙女士的著作，我在民国初年见了她的《古代艺术与仪式》以后，才注意阅读，一直很是佩服，不独希腊神话上得到种种教示，就是我对于神与鬼等的理解也深受其影响，虽然弗来则博士的著书又是别方面的来源。去年冬天高坂正显博士来北京，在综合调查研究所见面，谈到哈利孙女士的事，知道他也有文章发表过，仿佛觉得在寂寞荒僻的路上遇见了行人，很是高兴。《古代艺术与仪式》已有日本文译本，也出于佐佐木氏之手，曾经得到，这回又承赠予《希腊神话论考》，于感谢盛意之外，又引起我对于译者一种亲近之感，这是常时难有的事，自己觉得殊可珍惜。鄙人因为翻译亚坡罗陀洛斯的《希腊神话》，于民国二十七年春间曾将哈利孙女士的这《希腊神话论》译出，作为附录，交给当时由胡适之博士主管的编译委员会，后来听说这些稿件存在香港，恐怕现在已经不知下落了吧。本文的译本因为在做注释，还留存寒斋，可是《神话论》没法子去查询，也没有决心去重译，这回看见佐佐木译书，便不免感慨系之。日本学问界日益精进，古希腊之介绍研究渐以加多，克贝耳教授的薪火愈传愈大，隔海望之，至为艳羡，中国不知须待至何时，始能有此一日乎。

《日本研究》的定期刊，非由大才与毅力主持，不能迅速成就，切实进展，每期快读，不胜佩服。命写文章，极想尽力，但是力不从心，也颇有些困难，甚为惶恐。鄙人在芦沟桥事变之前即曾声明，自己从前所走的路全是错的，即是从文学艺术方面下手去理解日本国民精神，这事完全是徒劳，只有宗教一路或有希望，因为我觉得在这里中日两国民最是不同，我们要能够懂得日本国民的宗教情绪，才可希望了解他的思想与行为。我这意见在近六七年中虽然承蒙日本神道学家的支援与奖励，可是我自己还没有动手去做的决心与勇气，因为宗教本是一头窄的门，而我又恰巧是《新约》上所说的少信的人，那么这件事自然如富翁之登天堂，不是很容易的。截至现在为止，我还只在等候有缘的人出现，向着这条路走去，到得后来再从宝山里回来的时候，请他讲故事给我们听，不但增广见闻，而且可以证明我的条陈究竟正确如何。要批评说懒惰，也是无法，不过天下事往往有设计与实行不是一个人的，所谓成功不必由我，似乎也可引以自解。或者说，这一件如果目下做不动，何妨换一件先来做做[1]看，谈谈别的问题呢？这是不可能的。假如我是开着一所店铺，拿不出头号货色来，那么姑且拿次号的，对主顾说明白，问要不要且以此代用，那当然是无妨的，现在却不是这种情形。这有如从前运河里粮船堵住了河道，非把这大船先发走了，后面的船无论如何没法行驶，我想谈日本文化也须得先就宗教懂得个大概，才能来说别的，现在还是谈不到。近来也胡乱的写作，不过那都是关于中国的，自己的事情不能说全不知道，说到日本文化，现今暂时还得"远虑"，等到把宗教一关打通了之后。因此，自己写文章，实在觉得没有办法，这是要请特别原谅的。

翻译似乎没有这样为难了。其实在去冬曾经有一回想译一小篇岛崎藤村先生的随笔送去，因为藤村先生的有好些散文都是我所十分佩服的，而且那时贵刊

【锺校】

①"做做"原作"做"。

正要出藤村纪念专辑，觉得更是没有什么责任，所以决心想那么办。实在却是没有成功。那篇文章题为《短夜时节》，收在昭和五年出版的文集《在市井间》之中，反复看了几遍，觉得实在很好，等到要想动手翻译，才又看出来这里口气达不出，那里句子写不好，结果是思量打算了半天，仍旧一个字都没有写下来。这不是说前回不曾交卷的辩解，其实乃是说明翻译之不容易，假如这所要译的是自己所佩服所喜欢的作者所写的文章。或是原文未必佳妙，原作者未必高明，那么马虎的翻他一下也不见得真是怎么难，不过这类东西又未必有人愿意翻译，我们即使有闲，就是茶也好喝，何苦来自寻烦恼，在白纸上去多写上许多黑字呢。翻译白费心力固然是烦恼，而凭空又负上些责任，又是别一种烦恼，或者是日本所谓迷惑。我刚说翻译藤村文章没有责任，便是因为那时要出藤村特辑，纪念藤村的是非其责自在编辑者，应命为文的人别无干系，若是自己自动的翻译介绍某一作品，那么这责任就要自己去负，也实在是一件很有点儿麻烦的事情。譬如你翻译古典作品，不免有批评家要责备说为什么不介绍现代，如介绍了明治时代作品，又会得怪你不看重从军文士。古人说，责备贤者，自然也是光荣，在旁观的看来，总是有点不讨好，殊有狼狈不堪之印象。不过这里只是客观的说，在自己却自有主观，翻译的时候还是照自定的方针去做，因为自己相信所做的工作是翻译而不是通译，所以没有那些责任。有同乡友人从东京来信，说往访长谷川如是闲氏，他曾云，要了解日本，不能只译文学，要译也须译明治作家之作，因他们所表现的还有日本精神，近人之作则只是个人趣味而已。我很喜欢在日本老辈中还有我们这一路的意见，是颇强人意的事，只要自信坚定，翻译仍是可做的，比较成问题的还只是自己的能力。谈到这里，我对贵刊想说的话差不多就齐全了，文章虽不能写，翻译尚想努力，但是在原则上努力不成问题，何时能够实现却未可知，因为这有力的分量的关系。本来根本不是罢工，可是不免似乎有怠工的样子，上边这好些废话就只是当作一篇辩解。

末了顺便附说一点浅陋的意见。我觉得中日两国民现今迫切的需要一个互相坦白的披露胸襟的机会，中国固然极须知道日本，而在日本至少同样的也有知道中国人之必要。理想的办法是各人先讲各人自己的事情，无论怎么说都好，只要诚实坦白，随时互相讨论商榷，不久自然可望意见疏通，感情也会和好。若是甲国专来研究介绍乙国，乙国对于甲国也同样的做，那么是结果大概过犹不及，如不是太偏于客气，便将偏于太不客气。在中国与日本，我恐怕这情形就是如此。将来最好变换一个做法，由两国分别办一个大杂志社，中国方面由本国切实的学者文人主稿，撰述关于中国各问题的论文，译成流畅的日本语，按期刊行，供日本国民的阅读，同时日本也照样的办一汉文杂志，这也未始不是文化交流的一个好办法。中国的杂志以介绍中国为主，但也可留下十分之三的地位登载关于日本的文章，以便与日本方面交换意见，日本则附载关于中国的论文。这种有大使命的刊物其实倒很容易办，既然深切的感到东洋民族的运命是整个的，非互相协和不能寻出生路，但能一切出以诚实坦白，消极的条件只须不失国际的礼仪，那么没有什么话不可以谈或是谈不通的。即如杂志的名号，中国所出的便可称为《支那ト日本》，日本的称为《日本与中国》，——中国人不必厌恶支那之别号，日本也无须再对中国二字表示争执了。写一封信，乃竟拉扯到三千言，已经有点可笑，末后又说梦话，这梦太好了，霍地醒转时将大失望，还不及做恶梦惊醒觉得快活。不过梦由心造，这里的意思总是诚实的，无妨说说，既然写下之后也就不再涂去。以前我曾写过一篇《中国的思想问题》，这文章当然是不足道，但可以表示我近五六年所用心的地方，若是中国要发刊梦想的杂志，我愿意贡献出去，还可以继续效力，关于日本的则只有那篇《日本之再认识》，事实上是一纸关店的声明，由此可知鄙人所言全无虚饰，亦当为朋友们所共谅者也。

草草不尽，即颂撰安。

民国三十三年一月十五日，知堂和南。

希腊之馀光

一个月以前，在日本书店里偶然得到一册长坂雄二郎译的《古代希腊文学史》，引起我好些的感想。这是理查及勃教授的原著，本名《希腊文学初步》，是麦克米兰书店“文学初步丛书”之一。这丛书虽然只是薄薄的小册子，却是很有意思，我所有的四册都很不错，其中两种觉得特别有用，便是这《希腊文学》，以及勃路克牧师所著的《英国文学》。我买到《英国文学初步》还是在民国以前，大概是一九一〇年，距离当初出版的一八七六已是三十四年，算到现在，恰巧又是三十四年了。我很喜欢勃路克的这册小书，心想假如能够翻译出来，再于必要处适宜的加以小注，是极好的一本入门书，比自己胡乱编抄的更有头绪，得要领。对于希腊文学也是如此想，虽然摩利思博士的《英文法初步》我也喜欢，却觉得总还在其次了。光阴荏苒的过去了三十几年，既不能自己来动手，等别人自然是靠不住，偶尔拿出来翻阅一下，还只是那两册蓝布面的原书而已。但是勃路克的书在日本有了石川诚的译本，名曰《英国文学史》，一九二五年初版，我所有的乃是一九四一年的改订再版本，及勃的书则出版于去年冬天，原书著作为一八七七年，盖是著者三十七岁时，去今已有六十七年矣。

我的感想，其一是这《希腊文学初步》在日本也已有了译本了，中国恐怕一时不会有，这是很可惜的事。其二是原书在起头处说过，是写给那不懂希腊文，除译本外不会读希腊书的人看的，因此又觉得在中国此刻也还不什么等用，或者不及翻译与介绍要紧。其三想到自己这边，觉得实在也欠用力，虽然本来并没有多少力量。在十四五年前，适值北京大学三十二周年纪念，发刊纪念册，我曾写过一篇小文，题曰“北大的支路”，意思是说于普通的学问以外，有几方面的文化还当特别注重研究，即是希腊，印度，亚剌伯与日本。大家谈及西方文明，无论是骂是捧，大抵只凭工业革命以后的欧美一两国的现状以立论，总不免是笼统，为得明了真相起见，对于普通称为文明之源的古希腊非详细考察不可，况且他的文学哲学自有其独特的价值，据愚见说来其思想更有与中国很相接近的地方，总是值得萤雪十载去钻研他的，我可以担保。当时我说的有点诙谐，但意思却是诚实的，至今也并没有改变。所可惜的是，中国学问界的情形也是没有改变。但是这有什么办法呢？日本在明治末年也还是很少谈希腊事情的人，但克倍耳教授已在大学里鼓吹有年，近二十年中人材辈出，译书渐多，这是很可羡慕的事。中国从何说起，此刻现在，学艺之不振岂不亦是应该，当暗黑时正当暗黑可也。不过话又说回来，现今假如尚有馀裕容得人家来写文章，谈文学，则希腊的题目似尚有可取，虽然归根到底不免属于清谈之内，在鄙人视之乃觉得颇有意义，固不尽由于敝帚自珍耳。

我曾经写过一篇谈希腊人的好学的文章，引用瑞德著《希腊晚世文学史》里的话，讲《几何原本》作者欧几里特的事。原文大意云：

> 欧几里特，希腊式的原名是欧克莱台斯，约当基督二百九十年前生活于亚力山大城，在那里设立一个学堂，下一代的有些名人多是他的弟子。关于他的生平与性格我们几乎一无所知，虽然有他的两件轶事流传下来，颇能表示出真的科学精神。其一是说普多勒迈一世问他，可否把他的那学问弄得更容易些，他回答道，大王，往几何学那里去是并没有御道的。又云，有一弟子习

> 过设题后问他道，我学了这些有什么好处呢。他就叫一个家奴来说道，去拿两分钱来给这厮，因为他是一定要用了他所学的东西去赚钱的。后来他的名声愈大，人家提起来时不叫他的名字，只说原本氏就行了。

部丘教授在《希腊之好学》文中云：

> 自从有史以来，知这件事在希腊人看来似乎他本身就是一件好物事，不问他的所有的结果。他们有一种眼光锐利的，超越利益的好奇心，要知道大自然的事实，人的行为与工作，希腊人与外邦人的事情，别国的法律与制度。他们有那旅人的心，永远注意着观察记录一切人类的发明与发见。

这样为知识而求知识的态度甚可尊重，为纯粹的学问之根源，差不多为古希腊所特有，而在中国又正是缺少，我们读了更特别觉得是有意义的事。

在《希腊的遗产》这册论文集中，列文斯顿论希腊文学的特色，第三是求真，这与上文有可以互相发明的地方。引了史诗与抒情诗的实例之后，讲到都屈迭台斯的史书，叙述希腊内争的一幕。这是基督四百二十四年前的事，即中国春秋时威烈王二年，斯巴达大将勃拉西达斯将攻略安非坡利斯，雅典大将都屈迭台斯在塔索斯，相距是一日半的水程，仓忙往救。勃拉西达斯急与市民议款，特予宽大，市遂降服。史书中云：

> 是日晚，都屈迭台斯与其舟师入蔼翁港，但已在勃拉西达斯占据安非坡利斯之后，若再迟一宿，则彼更将并取蔼翁而有之矣。

此文看似寻常，但我们须知道，雅典大将都屈迭台斯即是记此事实的史家都屈迭台斯，而因了这里那么用了超然中立的态度所记的一件事，乃使他不得不离开祖国，流放在外至二十年之久。列文斯顿评云：

> 都屈迭台斯客观地叙述简单的事实，好像是关系别个人似的，对于他一生中最大的不幸没有一句注释，没有不服，辩解，说明，或恨憎之词。他用第三人身写他自己。现代大将写自己的失败不是用这种写法的，但这正是希腊的写法。都屈迭台斯忘记了他自己和他的感情，他只看见那不幸的一天，他同了他的舟师沿河上驶，却见安非坡利斯的城门已经对他紧闭了。他这样的不顾自己的事，并不曾说这是不幸，虽然这实是不幸，对于他和他的故国。假如我们不知道他是雅典人，那么我们单从他的史书上就很不容易分别，在这战事上他是偏袒雅典的呢，还是偏袒斯

> 巴达，因为他是那么全然的把他和他的感情隐藏起来了。可是他乃是热烈的爱国者，而他正在记述这战事，在这一回里，他的故国便失掉了主权与霸图。

严正的客观到了这地步，有点超出普通的人力以上，但真足为后世学人的理想模范，正如太史公言，虽不能至，心向往之矣。

谈到希腊事情，大家总不会忘记提及他们的爱美这一节的。列文斯顿也引了所谓荷马颂歌里的一篇《地母颂》，与丁尼孙的诗相比较，他说，丁尼孙虽是美，而希腊乃有更上的美，这并非文字或比喻或雕琢之美，却更为简单，更为天然，更是本能的，仿佛这不是人间却是自然如自己在说话似的。比诗歌尤为显明的例是希腊神话的故事，这正是如诗人济慈所说的希腊的美的神话，同样的出于民间的想像，逐渐造成，而自有其美，非北欧统系的神话所能及。列文斯顿说，就是在干燥无味的神话字典中，如亚塔阑达，那耳吉索斯，辟格玛利恩，阿耳孚斯与欧吕迭开，法伊东，默杜萨各故事，都各自有其魔力。这评语实在是不错的，不过传述既成的故事，也没有多大意思，还不如少为破点工夫，看其转变之迹，意义更为明显。

希腊神话故事知道的人不少，一见也似平常，但是其形状并非从头就是如此，几经转变，由希腊天才加以陶融剪裁，乃始成就。希腊人以前的原住民没有神话，据古史家说，他们祀神呼而告之，但他们不给神以称号，亦无名字。罗马人在未曾从希腊借用神话以前情形也是如此，他们有渺茫的非人格的鬼物似的东西，他们并不称之曰诸神，只称之曰诸威力。威力是没有人的特性的，他没有性别，至少其性别是无定的，这只须参考古时的祈祷文便可明了，文中说祷告于精灵，无论是男是女。希腊民族乃是“造像者”，如哈理孙女士在《希腊神话论》引言中所说，他们与别的民族同样的用了宗教的原料起手，对于不可见的力之恐怖，护符的崇拜，未满足的欲望等，从那些渺茫粗糙的材料，他们却造出他们的神人来。

我们一面再看埃及印度，也曾造有他们的神人，可是这与希腊的又是多么不同，埃及的鸟头牛首，印度的三头千手，在希腊都是极少见的。其实希腊何尝没有兽形化的神人，以及其他的奇怪事，只是逐渐转变了，不像别国的永远不变，因为有祭司与圣经的制限。哈理孙女士说，希腊民族不是受祭司支配而是受诗人支配的。照诗人这字的原义，这确是所谓造作者，即艺术家的民族。他们不能容忍宗教中之恐怖与恶分子，把他渐益净化，造成特殊的美的神话，这是他们民族的一种成就，也是给予后世的一个恩惠。《希腊神话论》第三章是论山母的，里边详说戈耳共与蔼利女斯的转变，很是明白，也于我们最为有益。戈耳共本来是泰山石敢当似的一个鬼脸，是仪式上的一种面具，竭力做的丑恶，去恐吓人与妖魔的。既然有了头，那么一定有一个戈耳共在那里，或者更好是三数，于是有了三姊妹的传说，默杜萨即是最幼小的一个。戈耳共面普通都拖舌、瞪眼、露出獠牙，是恐怖之具体的形象。可是自从这成为默杜萨的头以后，希腊艺术家逐渐的把她变成了一个可怜的含愁的女人的面貌，虽然头发还是些活蛇，看见她面貌的人也要被变作石头。蔼利女斯如字义所示，是愤怒者，即是怒鬼，要求报复之被杀害的鬼魂。她们形状之可怕是可以想见的，大抵是戈耳共与哈耳普亚二者之合成，在报仇的悲剧中出现，是很惨怆的一种物事。在为报父仇而杀母的阿勒思特斯经雅典那女神被除免罪，与蔼利女斯和解之后，她们转变为慈惠神女，或称庄严神女，完全变换了性格。亚耳戈思地方左近有三方献纳的浮雕，刻出庄严神女的像，她们不再是那悲剧里可厌恶可恐怖的怨鬼，乃是三个镇静的主母似的形像，左手执着花果，即繁殖的记号，右手执蛇，但现在已不是愁苦与报复之象征，乃只是表示地下，食物与财富之源的地下而已。哈理孙女士结语中云，在戈耳共与地母上，尤其是在蔼利女斯上，我们看出净化的进行，我们目睹希腊精神避开了恐怖与愤怒而转向和平与友爱，希腊的礼拜者废除了驱除的仪式而采取侍奉的自由。罗斯金又评论希腊人说，他们心里没有畏惧，只是忧郁，惊愕，时有极深的哀愁与寂寞，但是决无恐怖。这样看来，希腊人的爱美并不是简单的事，这与驱除恐怖相连结，影响于后世者极巨，很值得我们的注意。这里语焉不详，深不自满，只是表示野人献芹之意，芹只一二根，又或苦口，更增惶恐矣。

此次因见日译《古代希腊文学史》出版，稍有感想，便拉杂写了下来。大意只是觉得古希腊的探讨对于中国学艺界甚有用处，希望其渐益发达，原典翻译固然很好，但评论参考用书之编译似尤为简捷切要，只须选择得宜，西欧不乏佳籍，可供学子之利用，亦是事半而功倍。

大抵此种工作，语学固是必要，而对于希腊事情之爱好与理解亦是紧要的事，否则选择即不容易，又出力不讨好，难得耐寂寞写下去也。

（民国甲申，五月末日）

我的杂学

一

小时候读《儒林外史》，后来多还记得，特别是关于批评马二先生的话。第四十九回高翰林说：

> 若是不知道揣摩，就是圣人也是不中的。那马先生讲了半生，讲的都是些不中的举业。

又第十八回举人卫体善卫先生说：

> 他终日讲的是杂学。听见他杂览到是好的，于文章的理法他全然不知，一味乱闹，好墨卷也被他批坏了。

这里所谓文章是说八股文，杂学是普通诗文，马二先生的事情本来与我水米无干，但是我看了总有所感，仿佛觉得这正是说着我似的。我平常没有一种专门的职业，就只喜欢涉猎闲书，这岂不便是道地的杂学，而且又是不中的举业，大概这一点是无可疑的。我自己所写的东西好坏自知，可是听到世间的是非褒贬，往往不尽相符，有针小棒大之感，觉得有点奇怪，到后来却也明白了。人家不满意，本是极当然的，因为讲的是不中的举业，不知道揣摩，虽圣人也没有用，何况我辈凡人。至于说好的，自然要感谢，其实也何尝真有什么长处，至多是不大说诳，以及多本于常识而已。假如这常识可以算是长处，那么这正是杂览应有的结果，也是当然的事，我们断章取义的借用卫先生的话来说，所谓杂览到是好的也。这里我想把自己的杂学简要的记录一点下来，并不是什么敝帚自珍，实在也只当作一种读书的回想云尔。

（民国甲申四月末日）

二

日本旧书店的招牌上多写着“和汉洋书籍”云云，这固然是店铺里所有的货色，大抵读书人所看的也不出这范围，所以可以说是很能概括的了。现在也就仿照这个意思，从汉文讲起头来。

我开始学汉文，还是在甲午以前，距今已是五十馀年，其时读书盖专为应科举的准备，终日念四书五经以备作八股文，中午习字，傍晚对课以备作试帖诗而已。鲁迅在辛亥曾戏作小说，假定篇名曰《怀旧》，其中略述书房情状，先生讲《论语》“志于学”章，教属对，题曰红花，对青桐不协，先生代对曰绿草，又曰，红平声，花平声，绿入声，草上声，则教以辨四声也。此种事情本甚寻常，唯及今提及，已少有知者，故亦不失为值得记录的好资料。我的运气是，在书房里这种书没有读透。我记得在十一岁时还在读“上中”，即是《中庸》的上半卷，后来陆续将经书勉强读毕，八股文凑得起三四百字，可是考不上一个秀才，成绩可想而知。语云，祸兮福所倚。举业文没有弄成功，但我因此认得了好些汉字，慢慢的能够看书，能够写文章，就是说把汉文却是读通了。

汉文读通极是普通，或者可以说在中国人正是当然的事，不过这如从举业文中转过身来，他会附随着两种臭味，一是道学家气，一是八大家气，这都是我所不大喜欢的。本来道学这东西没有什么不好，但发现在人间便是道学家，往往假多真少，世间早有定评，我也多所见闻，自然无甚好感。家中旧有一部浙江官书局刻方东树的《汉学商兑》，读了很是不愉快，虽然并不因此被激到汉学里去，对于宋学却起了反感，觉得这么度量褊窄，性情苛刻，就是真道学也有何可贵，倒还是不去学他好。还有一层，我总觉得清朝之讲宋学，是与科举有密切关系的，读书人标榜道学作为求富贵的手段，与跪拜颂扬等等形式不同而作用则一。这些恐怕都是个人的偏见也未可知，总之这样使我脱离了一头羁绊，于后来对于好些事情的思索上有不少的好处。

八大家的古文在我感觉也是八股文的长亲，其所以为世人所珍重的最大理由我想即在于此。

我没有在书房学过念古文，所以摇头朗诵像唱戏似的那种本领我是不会的，最初只自看《古文析义》，事隔多年几乎全都忘了，近日拿出安越堂平氏校本《古文观止》来看，明了的感觉唐以后文之不行，这样说虽有似明七子的口气，但是事实无可如何。韩柳的文章至少在选本里所收的，都是些《宦乡要则》里的资料，士子做策论，官幕办章奏书启，是很有用的，以文学论不知道好处在那里。念起来声调好，那是实在的事，但是我想这正是属于八股文一类的证据吧。读前六卷的所谓周秦文以至汉文，总是华实兼具，态度也安详沉着，没有那种奔竞躁进气，此盖为科举制度时代所特有，韩柳文勃兴于唐，盛行至于今日，即以此故，此又一段落也。不佞因为书房教育受得不充分，所以这一关也逃过了，至今想起来还觉得很侥幸，假如我学了八大家文来讲道学，那是道地的正统了，这篇谈杂学的小文也就无从写起了。

三

我学国文的经验，在十八九年前曾经写了一篇小文，约略说过。中有云，经可以算读得也不少了，虽然也不能算多，但是我总不会写，也看不懂书，至于礼教的精义尤其茫然，干脆一句话，以前所读的书于我无甚益处，后来的能够略写文字，及养成一种道德观念，乃是全从别的方面来的。

关于道德思想将来再说，现在只说读书，即是看了纸上的文字懂得所表现的意思，这种本领是怎么学来的呢。简单的说，这是从小说看来的。大概在十三至十五岁，读了不少的小说，好的坏的都有，这样便学会了看书。由《镜花缘》《儒林外史》《西游记》《水浒传》等渐至《三国演义》，转到《聊斋志异》，这是从白话转入文言的径路。教我懂文言，并略知文言的趣味者，实在是这《聊斋》，并非什么经书或是《古文析义》之流。《聊斋志异》之后，自然是那些《夜谈随录》《淞隐漫录》等的“假聊斋”，一变而转入《阅微草堂笔记》，这样，旧派文言小说的两派都已经入门，便自然而然的跑到《唐代丛书》里边去了。

这种经验大约也颇普通，嘉庆时人郑守庭的《燕窗闲话》中也有相似的记录，其一节云：

> 予少时读书易于解悟，乃自旁门入。忆十岁随祖母祝寿于西乡顾宅，阴雨兼旬，几上有《列国志》一部，翻阅之，解仅数语，阅三四本后解者渐多，复从头翻阅，解者大半。归家后即借说部之易解者阅之，解有八九。除夕侍祖母守岁，竟夕阅《封神传》半部，《三国志》半部，所有细评无暇详览也。后读《左传》，其事迹已知，但于字句有不明者，讲说时尽心谛听，由是阅他书益易解矣。

不过我自己的经历不但使我了解文义，而且还指引我读书的方向，所以关系也就更大了。

《唐代丛书》因为板子都欠佳，至今未曾买好一部，我对于他却颇有好感，里边有几种书还是记得，我的杂览可以说是从那里起头的。小时候看见过的书，虽本是偶然的事，往往留下很深的印象，发生很大的影响。《尔雅音图》《毛诗品物图考》《毛诗草木疏》《花镜》《笃素堂文集》《金石存》《剡录》，这些书大抵并非精本，有的还是石印，但是至今记得，后来都搜得收存，兴味也仍存在。说是幼年的书全有如此力量么，也并不见得，可知这里原是也有别择的。《聊斋》与《阅微草堂》是引导我读古文的书，可是后来对于前者我不喜欢他的词章，对于后者讨嫌他的义理，大有得鱼忘筌之意。《唐代丛书》是杂学入门的课本，现在却亦不能举出若干心喜的书名，或者上边所说《尔雅音图》各书可以充数，这本不在丛书中，但如说是已[1]从《唐代丛书》养成的读书兴味，在丛书之外别择出来的中意的书，这说法也是可以的吧。

这个非正宗的别择法一直维持下来，成为我搜书看书的准则。这大要有八类：一是关于《诗经》《论语》之类。二是小学书，即《说文》《尔雅》《方言》之类。三是文化史料类，非志书的地志，特别是关于岁时风土物产者，如《梦忆》《清嘉录》，又关于乱事如《思痛记》，关于倡优如《板桥杂记》等。四是年谱日记游记家训尺牍类，最著的例如《颜氏家训》《入蜀记》等。五是博物书类，即《农书》《本草》，《诗疏》《尔雅》各本亦与此有关系。六是笔记类，范围甚广，子部杂家大部分在内。七是佛经之一部，特别是旧译《譬喻》《因缘》《本生》各经，大小乘戒律，代表的语录。八是乡贤著作。我以前常说看闲书代纸烟，这是一句半真半假的话，我说闲书，是对

【锺校】

①“已”原作“以”。

于新旧各式的八股文而言，世间尊重八股是正经文章，那么我这些当然是闲书罢了，我顺应世人这样客气的说，其实在我看来原都是很重要极严肃的东西。重复的说一句，我的读书是非正统的，因此常为世人所嫌憎，但是自己相信其所以有意义处亦在于此。

四

古典文学中我很喜欢《诗经》，但老实说也只以“国风”为主，“小雅”但有一部分耳。说《诗》不一定固守“小序”或“集传”，平常适用的好本子却难得，有早印的扫叶山庄陈氏本《诗毛氏传疏》，觉得很可喜，时常拿出来翻看。陶渊明诗向来喜欢，文不多而均极佳，安化陶氏本最便用，虽然两种刊板都欠精善。此外的诗，以及词曲，也常翻读，但是我知道不懂得诗，所以不大敢多看多说。骈文也颇爱好，虽然能否比诗多懂得原是疑问，阅孙隘庵的《六朝丽指》却很多同感，仍不敢贪多，《六朝文絜》及黎氏笺注常备在座右而已。伍绍棠跋《南北朝文抄》云，南北朝人所著书多以骈俪行之，亦均质雅可诵。此语真实，唯诸书中我所喜者为《洛阳伽蓝记》《颜氏家训》，此他虽皆是篇章之珠泽，文采之邓林，如《文心雕龙》与《水经注》，终苦其太专门，不宜于闲看也。以上就唐以前书举几个例，表明个人的偏好，大抵于文字之外看重所表现的气象与性情，自从韩愈文起八代之衰以后，便没有这种文字，加以科举的影响，后来即使有佳作，也总是质地薄，分量轻，显得是病后的体质了。

至于思想方面，我所受的影响又是别有来源的。笼统的说一句，我自己承认是属于儒家思想的，不过这儒家的名称是我所自定，内容的解说恐怕与一般的意见很有些不同的地方。我想中国人的思想是重在适当的做人，在儒家讲仁与中庸正与之相同，用这名称似无不合，其实这正因为孔子是中国人，所以如此，并不是孔子设教传道，中国人乃始变为儒教徒也。儒家最重的是仁，但是智与勇二者也很重要，特别是在后世儒生成为道士化、禅和子化、差役化，思想混乱的时候，须要智以辨别，勇以决断，才能截断众流，站立得住。这一种人在中国却不易找到，因为这与君师的正统思想往往不合，立于很不利的地位，虽然对于国家与民族的前途有极大的价值。

上下古今自汉至于清代，我找到了三个人，这便是王充、李贽、俞正燮，是也。王仲任的疾虚妄的精神，最显著的表现在《论衡》上，其实别的两人也是一样，李卓吾在《焚书》与《初潭集》，俞理初在

《癸巳类稿》《存稿》上所表示的，正是同一的精神。他们未尝不知道多说真话的危险，只因通达物理人情，对于世间许多事情的错误不实看得太清楚，忍不住要说，结果是不讨好，却也不在乎。这种爱真理的态度是最可宝贵，学术思想的前进就靠此力量，只可惜在中国历史上不大多见耳。我尝称他们为中国思想界之三盏灯火，虽然很是辽远微弱，在后人却是贵重的引路的标识。太史公曰，高山仰止，景行行止，虽不能至，然心向往之。对于这几位先贤我也正是如此，学是学不到，但疾虚妄，重情理，总作为我们的理想，随时注意，不敢不勉。古今笔记所见不少，披沙拣金，千不得一，不足言劳，但苦寂寞。

民国以来号称思想革命，而实亦殊少成绩，所知者唯蔡孑民、钱玄同二先生可当其选，但多未著之笔墨，清言既绝，亦复无可征考，所可痛惜也。

五

我学外国文，一直很迟，所以没有能够学好，大抵只可看看书而已。光绪辛丑进江南水师学堂当学生，才开始学英文，其时年已十八，至丙辰被派往日本留学，不得不再学日本文，则又在五年后矣。我们学英文的目的为的是读一般理化及机器书籍，所用课本最初是《华英初阶》以至《进阶》，参考书是考贝纸印的《华英字典》，其幼稚可想，此外西文还有什么可看的书全不知道。许多前辈同学毕业后把这几本旧书抛弃净尽，虽然英语不离嘴边，再也不一看横行的书本，正是不足怪的事。

我的运气是同时爱看新小说，因了林氏译本知道外国有司各得、哈葛德这些人，其所著书新奇可喜，后来到东京又见西书易得，起手买一点来看，从这里得到了不少的益处。不过我所读的却并不是英文学，只是借了这文字的媒介杂乱的读些书，其一部分是欧洲弱小民族的文学。当时日本有长谷川二叶亭与升曙梦专译俄国作品，马场孤蝶多介绍大陆文学，我们特别感到兴趣，一面又因《民报》在东京发刊，中国革命运动正在发达，我们也受了民族思想的影响，对于所谓被损害与侮辱的国民的文学更比强国的表示尊重与亲近。这里边，波兰，芬兰，匈加利，新希腊等最是重要，俄国其时也正在反抗专制，虽非弱小而亦被列入。那时影响至今尚有留存的，即是我的对于几个作家的爱好，俄国的果戈理与伽尔洵，波兰的显克威支，虽然有时可以十年不读，但心里还是永不忘记。陀思妥也夫斯奇也极是佩服，可是有点敬畏，向来不敢轻易翻动，也就较为疏远了。摩斐耳的《斯拉夫文学小史》，克罗巴金的《俄国文学史》，勃兰特思的《波兰印象记》，赖息的《匈加利文学史论》，这些都是四五十年前的旧书，于我却是很有情分，回想当日读书的感激，历历如昨日，给予我的好处亦终未亡失。只可惜我未曾充分利用，小说前后译出三十几篇，收在两种短篇集内，史传批评则多止读过独自怡悦耳。

但是这也总之不是徒劳的事，民国六年来到北京大学，被命讲授欧洲文学史，就把这些拿来做底子，而这以后七八年间的教书，督促我反复的查考文学史料，这又给我做了一种训练。

我最初只是关于古希腊与十九世纪欧洲文学的一部分有点知识，后来因为要教书编讲义，其他部分须得设法补充，所以起头这两年虽然只担任六小时功课，却真是日不暇给，查书写稿之外几乎没有别的事情可做，可是结果并不满意，讲义印出了一本，十九世纪这一本终于不曾付印，这门功课在几年之后也停止了。凡文学史都不好讲，何况是欧洲的，那几年我知道自误误人的确不浅，早早中止还是好的，至于我自己实在却仍得着好处，盖因此勉强读过多少书本，获得一般文学史的常识，至今还是有用，有如教练兵操，本意在上阵，后虽不用，而此种操练所馀留的对于体质与精神的影响则固长存在，有时亦觉得颇可感谢者也。

六

从西文书中得来的知识，此外还有希腊神话。说也奇怪，我在学校里学过几年希腊文，近来翻译亚坡罗陀洛思的神话集，觉得这是自己的主要工作之一，可是最初之认识与理解希腊神话却是全从英文的著书来的。我到东京的那年，买得该莱的《英文学中之古典神话》，随后又得到安特路朗的两本《神话仪式与宗教》，这样便使我与神话发生了关系。当初听说要懂西洋文学须得知道一点希腊神话，所以去找一两种参考书来看，后来对于神话本身有了兴趣，便又去别方面寻找，于是在神话集这面有了亚坡罗陀洛思的原典，福克斯与洛士各人的专著，论考方面有哈理孙女士的《希腊神话论》以及宗教各书。安特路朗的则是神话之人类学派的解说，我又从这里引起对于文化人类学的趣味来的。

世间都说古希腊有美的神话，这自然是事实，只须一读就会知道，但是其所以如此又自有其理由，这说起来更有意义。古代埃及与印度也有特殊的神话，其神道多是鸟头牛首，或者是三头六臂，形状可怕，事迹亦多怪异，始终没有脱出宗教的区域，与艺术有一层的间隔。希腊的神话起源本亦相同，而逐渐转变，因为如哈理孙女士所说，希腊民族不是受祭司支配而是受诗人支配的，结果便由他们把那些都修造成为美的影象了。“这是希腊的美术家与诗人的职务，来洗除宗教中的恐怖分子，这是我们对于希腊的神话作者的最大的负债。”

我们中国人虽然以前对于希腊不曾负有这项债务，现在却该奋发去分一点过来，因为这种希腊精神即使不能起死回生，也有返老还童的力量，在欧洲文化史上显然可见。对于现今的中国，因了多年的专制与科举的重压，人心里充满着丑恶与恐怖而日就萎靡，这种一阵清风似的祓[①]除力是不可少，也是大有益的。

我从哈理孙女士的著书得悉希腊神话的意义，实为大幸，只恨未能尽力绍介。亚坡罗陀洛思的书本文译毕，注释恐有三倍的多，至今未曾续写。此外还该有一册通俗的故事，自己不能写，翻译更是不易。劳斯博士于一九三四年著有《希腊的神与英雄与人》，他本来是古典学者，文章写得很有风趣，在一八九七

【锺校】

①“祓”原作“拔”。

年译过《新希腊小说集》，序文名曰《在希腊诸岛》，对于古旧的民间习俗颇有理解，可以算是最适任的作者了，但是我不知怎的觉得这总是基督教国人写的书，特别是在通俗的为儿童用的，这与专门书不同，未免有点不相宜，未能决心去译他，只好且放下。我并不一定以希腊的多神教为好，却总以为他的改教可惜，假如希腊能像中国日本那样，保存旧有的宗教道德，随时必要的加进些新分子，有如佛教基督教之在东方，调和的发展下去，岂不更有意思。不过已经过去的事是没有办法了，照现在的事情来说，在本国还留下些生活的传统，劫馀的学问艺文在外国甚被宝重，一直研究传播下来，总是很好的了。我们想要讨教，不得不由基督教国去转手，想来未免有点别扭，但是为希腊与中国再一计量，现在得能如此也已经是可幸的事了。

七

安特路朗是个多方面的学者文人，他的著书很多，我只有其中的文学史及评论类，古典翻译介绍类，童话儿歌研究类，最重要的是神话学类，此外也有些杂文，但是如《垂钓漫录》以及诗集却终于未曾收罗。这里边于我影响最多的是神话学类中之《习俗与神话》《神话仪式与宗教》这两部书，因为我由此知道神话的正当解释，传说与童话的研究也于是有了门路了。

十九世纪中间欧洲学者以言语之病解释神话，可是这里有个疑问，假如亚里安族神话起源由于亚利安族言语之病，那么这是很奇怪的，为什么在非亚里安族言语通行的地方也会有相像的神话存在呢。在语言系统不同的民族里都有类似的神话传说，说这神话的起源都由于言语的传讹，这在事实上是不可能的。言语学派的方法既不能解释神话里的荒唐不合理的事件，人类学派乃代之而兴，以类似的心理状态发生类似的行为为解说，大抵可以得到合理的解决。这最初称之曰民俗学的方法，在《习俗与神话》中曾有说明，其方法是，如在一国见有显是荒唐怪异的习俗，要去找到别一国，在那里也有类似的习俗，但是在那里不特并不荒唐怪异，却正与那人民的礼仪思想相合。对于古希腊神话也是用同样的方法，取别民族类似的故事来做比较，以现在尚有存留的信仰推测古时已经遗忘的意思”。大旨可以明了，盖古希腊人与今时某种土人其心理状态有类似之处，即由此可得到类似的神话传说之意义也。

《神话仪式与宗教》第二章以下论野蛮人的心理

状态，约举其特点有五，即一万物同等，均有生命与知识；二信法术；三信鬼魂；四好奇；五轻信。根据这里的解说，我们已不难了解神话传说以及童话的意思，但这只是入门，使我更知道得详细一点的，还靠了别的两种书，即是哈忒兰的《童话之科学》与麦扣洛克的《小说之童年》。《童话之科学》第二章论野蛮人思想，差不多大意相同，全书分五目九章详细叙说，《小说之童年》副题即云“民间故事与原始思想之研究”，分四类十四目，更为详尽，虽出版于一九〇五年，却还是此类书中之白眉，夷亚斯莱在二十年后著《童话之民俗学》，亦仍不能超出其范围也。

神话与传说童话元出一本，随时转化，其一是宗教的，其二则是史地类，其三属于艺文，性质稍有不同，而其解释还是一样，所以能读神话而遂通童话，正是极自然的事。麦扣洛克称其书曰《小说之童年》，即以民间故事为初民之小说，犹之朗氏谓说明的神话是野蛮人的科学，说的很有道理。我们看这些故事，未免因了考据癖要考察其意义，但同时也当作艺术品看待，得到好些悦乐。这样我就又去搜寻各种童话，不过这里的目的还是偏重在后者，虽然知道野蛮民族的也有价值，所收的却多是欧亚诸国，自然也以少见为贵，如土耳其，哥萨克，俄国等。法国贝洛耳，德国格林兄弟所编的故事集，是权威的著作，我所有的又都有安特路朗的长篇引论，很是有用，但为友人借看，带到南边去了，现尚无法索还也。

八

我因了安特路朗的人类学派的解说，不但懂得了神话及其同类的故事，而且也知道了文化人类学，这又称为社会人类学，虽然本身是一种专门的学问，可是这方面的一点知识于读书人很是有益，我觉得也是颇有趣味的东西。在英国的祖师是泰勒与拉薄克，所著《原始文明》与《文明之起源》都是有权威的书，泰勒又有《人类学》，也是一册很好的[①]入门书，虽是一八八一年的初版，近时却还在翻印，中国广学会曾经译出，我于光绪丙午在上海买到一部，不知何故改名为《进化论》，又是用有光纸印的，未免可惜，后来恐怕也早绝版了。但是于我最有影响的还是那《金枝》的有名的著者弗来若博士。社会人类学是专研究礼教习俗这一类的学问，据他说研究有两方面，其一是野蛮人的风俗思想，其二是文明国的民俗，盖现代文明国的民俗大多即是古代蛮风之遗留，也即是

【锺校】

① 原无“的”字，今增。

现今野蛮风俗的变相，因为大多数的文明衣冠的人物在心里还依旧是个野蛮。因此这比神话学用处更大，他所讲的包括神话在内，却更是广大，有些我们平常最不可解的神圣或猥亵的事项，经那么一说明，神秘的面幕倏尔落下，我们懂得了时不禁微笑，这是同情的理解，可是威严的压迫也就解消了。这于我们是很好很有益的，虽然于假道学的传统未免要有点不利，但是此种学问在以伪善著称的西国发达，未见有何窒碍，所以在我们中庸的国民中间，能够多被接受本来是极应该的吧。

弗来若的著作除《金枝》这一流的大部著书五部之外，还有若干种的单册及杂文集，他虽非文人而文章写得很好，还颇像安特路朗，对于我们非专门家而想读他的书的人是很大的一个便利。他有一册《普须该的工作》，是四篇讲义，专讲迷信的，觉得很有意思，后来改名曰《魔鬼的辩护》，日本已有译本在《岩波文库》中，仍用他的原名，又其《金枝》节本亦已分册译出。弗来若夫人所编《金枝上的叶子》又是一册启蒙读本，读来可喜又复有益，我在《夜读抄》中写过一篇介绍，却终未能翻译，这于今也已是十年前事了。

此外还有一位原籍芬兰而寄居英国的威思忒玛克

教授，他的大著《道德观念起源发达史》两册，于我影响也很深。茀来若在《金枝》第二分序言中曾说明各民族的道德与法律均常在变动，不必说异地异族，就是同地同族的人，今昔异时，其道德观念与行为亦遂不同。威思忒玛克的书便是阐明这道德的流动的专著，使我们确实明了的知道了道德的真相，虽然因此不免打碎了些五色玻璃似的假道学的摆设，但是为生与生生而有的道德的本义则如一块水晶，总是明澈的看得清楚了。我写文章往往牵引到道德上去，这些书的影响可以说是原因之一部分，虽然其基本部分还是中国的与我自己的。威思忒玛克的专门巨著还有一部《人类婚姻史》，我所有的只是一册小史，又《六便士丛书》中有一种曰《结婚》，只是八十页的小册子，却很得要领。同丛书中也有哈理孙女士的一册《希腊罗马神话》，大抵即根据《希腊神话论》所改写者也。

九

我对于人类学稍有一点兴味，这原因并不是为学，大抵只是为人，而这人的事情也原是以文化之起源与发达为主。但是人在自然中的地位，如严几道古雅的译语所云“化中人位”，我们也是很想知道的，那么这条路略一拐弯便又一直引到进化论与生物学那边去了。

关于生物学我完全只是乱翻书的程度，说得好一点也就是涉猎，据自己估价不过是受普通教育过的学生应有的知识，此外加上多少从杂览来的零碎资料而已。但是我对于这一方面的爱好，说起来原因很远，并非单纯的为了化中人位的问题而引起的。我在上文提及，以前也写过几篇文章讲到，我所喜欢的旧书中有一部分是关于自然名物的，如《毛诗草木疏》及《广要》，《毛诗品物图考》《尔雅音图》及郝氏《义疏》，汪曰桢《湖雅》《本草纲目》《野菜谱》《花镜》《百廿虫吟》等。照时代来说，除《毛诗》《尔雅》诸图外最早看见的是《花镜》，距今已将五十年了，爱好之心却始终未变，在康熙原刊之外还买了一部日本翻本，至今也仍时时拿出来看。看《花镜》的趣味，既不为的种花，亦不足为作文的参考，在现今说与人听，是不容易领解，更不必说同感的了。因为最初有这种兴趣，后来所以牵连开去，应用在思想问题上面，否则即使为得要了解化中人位，生物学知识很是重要，却也觉得麻烦，懒得去动手了吧。

外国方面认得怀德的博物学的通信集最早，就是世间熟知的所谓《色耳彭的自然史》，此书初次出版还在清乾隆五十四年，至今重印不绝，成为英国古典中唯一的一册博物书。但是近代的书自然更能供给我们新的知识，于目下的问题也更有关系，这里可以举出汤木孙与法勃耳二人来，因为他们于学问之外都能写得很好的文章，这于外行的读者是颇有益处的。汤木孙的英文书收了几种，法勃耳的《昆虫记》只有全集日译三种，英译分类本七八册而已。我在民国八年写过一篇《祖先崇拜》，其中曾云，我不信世上有一部经典，可以千百年来当人类的教训的，只有记载生物的生活现象的比阿洛支[①]，才可供我们参考，定人类行为的标准。这也可以翻过来说，经典之可以作教训者，因其合于物理人情，即是由生物学通过之人生哲学，故可贵也。

我们听法勃耳讲昆虫的本能之奇异，不禁感到惊奇，但亦由此可知焦理堂言生与生生之理，圣人不易，而人道最高的仁亦即从此出。再读汤木孙谈落叶的文章，每片树叶在将落之前，必先将所有糖分叶绿等贵重成分退还给树身，落在地上又经蚯蚓运入土中，化成植物性壤土，以供后代之用，在这自然的经济里可以看出别的意义，这便是树叶的忠荩，假如你

【锺校】

①“比阿洛支”即 biology（生物学）。

要谈教训的话。《论语》里有“小子何莫学夫诗”一章，我很是喜欢，现在倒过来说，多识于鸟兽草木之名，可以兴，可以观，可以群，可以怨，迩之事父，远之事君，觉得也有新的意义，而且与事理也相合，不过事君或当读作尽力国事而已。说到这里话似乎有点硬化了，其实这只是推到极端去说，若是平常我也还只是当闲书看，派克洛夫忒所著的《动物之求婚》与《动物之幼年》二书，我也觉得很有意思，虽然并不一定要去寻求什么教训。

十

民国十六年春间我在一篇小文中曾说，我所想知道一点的都是关于野蛮人的事，一是古野蛮，二是小野蛮，三是文明的野蛮。一与三是属于文化人类学的，上文约略说及，这其二所谓小野蛮乃是儿童。因为照进化论讲来，人类的个体发生原来和系统发生的程序相同，胚胎时代经过生物进化的历程，儿童时代又经过文明发达的历程，所以幼稚这一段落正是人生之蛮荒时期。我们对于儿童学的有些兴趣，这问题差不多可以说是从人类学连续下来的。自然大人对于小儿本有天然的情爱，有时很是痛切，日本文中有儿烦恼一语，最有意味。庄子又说圣王用心，嘉孺子而哀妇人，可知无间高下人同此心。不过于这主观的慈爱之上又加以客观的了解，因而成立儿童学这一部门，乃是极后起的事，已在十九世纪的后半了。

我在东京的时候得到高岛平三郎编《歌咏儿童的文学》及所著《儿童研究》，才对于这方面感到兴趣，其时儿童学在日本也刚开始发达，斯丹莱贺耳博士在西洋为斯学之祖师，所以后来参考的书多是英文的，塞来的《儿童时期之研究》虽已是古旧的书，我却很是珍重，至今还时常想起。以前的人对于儿童多不能正当理解，不是将他当作小形的成人，期望他少年老成，便将他看作不完全的小人，说小孩懂得什么，一笔抹杀，不去理他。现在才知道儿童在生理心理上虽然和大人有点不同，但他仍是完全的个人，有他自己内外两面的生活。这是我们从儿童学所得来的一点常识，假如要说救救孩子，大概都应以此为出发点的。

自己惭愧于经济政治等无甚知识，正如讲到妇女问题时一样，未敢多说，这里与我有关系的还只是儿童教育里一部分，即是童话与儿歌。在二十多年前我写过一篇《儿童的文学》，引用外国学者的主张，说儿童应该读文学的作品，不可单读那些商人们编撰的读本，念完了读本虽然认识了字，却不会读书，因为没有读书的趣味。幼小的儿童不能懂名人的诗文，可以读童话，唱儿歌，此即是儿童的文学。正如在《小说之童年》中所说，传说故事是文化幼稚时期的小说，为古人所喜欢，为现时野蛮民族与乡下人所喜欢，因此也为小孩们所喜欢，是他们共通的文学，这是确实无疑的了。

这样话又说了回来，回到当初所说的小野蛮的问题上面，本来是我所想要知道的事情，觉得去费点心稍为查考也是值得的。我在这里至多也只把小朋友比做红印度人，记得在贺耳派的论文中，有人说小孩害怕毛茸茸的东西和大眼睛，这是因为森林生活时恐怖之遗留，似乎说的新鲜可喜。又有人说，小孩爱弄水乃是水栖生活的遗习，却不知道究竟如何了。弗洛伊特的心理分析应用于儿童心理，颇有成就，曾读瑞士波都安所著书，有些地方觉得很有意义，说明希腊肿足王的神话最为确实，盖此神话向称难解，如依人类学派的方法亦未能解释清楚者也。

十一

性的心理，这于我益处很大，我平时提及总是不惜表示感谢的。从前在论自己的文章一文中曾云：

> 我的道德观恐怕还当说是儒家的，但左右的

> 道与法两家也都有点参合在内，外边又加了些现代科学常识，如生物学人类学以及性的心理，而这末一点在我更为重要。古人有面壁悟道的，或是看蛇斗蛙跳懂得写字的道理，我却从妖精打架上想出道德来，恐不免为傻大姐所窃笑吧。

本来中国的思想在这方面是健全的，如《礼记》上说，饮食男女，人之大欲存焉。又庄子设为尧舜问答，嘉孺子而哀妇人，为圣王之所用心，气象很是博大。但是后来文人堕落，渐益不成[①]话，我曾武断的评定，只要看他关于女人或佛教的意见，如通顺无疵，才可以算作甄别及格，可是这是多么不容易呀。近四百年中也有过李贽王文禄俞正燮诸人，能说几句合于情理的话，却终不能为社会所容认。俞君生于近世，运气较好，不大挨骂，李越缦只嘲笑他说，颇好为妇人出脱，语皆偏谲，似谢夫人所谓出于周姥者。这种出于周姥似的意见实在却极是难得，荣启期生为男子身，但自以为幸耳，若能知哀妇人而为之代言，则已得圣王之心传，其贤当不下于周公矣。

我辈生在现代的民国，得以自由接受性心理的新知识，好像是拿来一节新树枝接在原有思想的老干上

【锺校】

① 此处原衍“说”字，已删。

去，希望能够使他强化，自然发达起来，这个前途辽远，一时未可预知，但于我个人总是觉得颇受其益的。这主要的著作当然是蔼理斯的《性的心理研究》，此书第一册在一八九八年出版，至一九一〇年出第六册，算是全书完成了，一九二八年续刊第七册，仿佛是补遗的性质。一九三三年即民国二十二年，蔼理斯又刊行了一册简本《性的心理》，为“现代思想的新方面丛书”之一，其时著者盖已是七十四岁了。我学了英文，既不读沙士比亚，不见得有什么用处，但是可以读蔼理斯的原著，这时候我才觉得，当时在南京那几年洋文讲堂的功课可以算是并不白费了。

性的心理给予我们许多事实与理论，这在别的性学大家如福勒耳、勃洛赫、鲍耶尔、凡特威耳特诸人的书里也可以得到，可是那从明净的观照出来的意见与论断，却不是别处所有，我所特别心服者就在于此。从前在《夜读抄》中曾经举例，叙说蔼理斯的意见，以为性欲的事情有些无论怎么异常以至可厌恶，都无责难或干涉的必要，除了两种情形以外，一是关系医学，一是关系法律的。这就是说，假如这异常的行为要损害他自己的健康，那么他需要医药或精神治疗的处置，其次假如这要损及对方的健康或权利，那么法律就应加以干涉。这种意见我觉得极有道理，既不保守，也不急进，据我看来还是很有点合于中庸的吧。说到中庸，那么这颇与中国接近，我真相信如中国保持本有之思想的健全性，则对于此类意思理解自至容易，就是我们现在也正还托这庇荫，希望思想不至于太乌烟瘴气化也。

十二

蔼理斯的思想我说他是中庸，这并非无稽，大抵可以说得过去，因为西洋也本有中庸思想，即在希腊，不过中庸称为有节，原意云康健心，反面为过度，原意云狂恣。蔼理斯的文章里多有这种表示，如《论圣芳济》中云，有人以禁欲或耽溺为其生活之唯一目的者，其人将在尚未生活之前早已死了。又云，生活之艺术，其方法只在于微妙地混和取与舍二者而已。《性的心理》第六册末尾有一篇跋文，最后的两节云：

> 我很明白有许多人对于我的评论意见不大能够接受，特别是在末册里所表示的。有些人将以我的意见为太保守，有些人以为太偏激。世上总常有人很热心的想攀住过去，也常有人热心的想攫得他们所想像的未来。但是明智的人站在二者之间，能同情于他们，却知道我们是永远在于过

渡时代。在无论何时，现在只是一个交点，为过去与未来相遇之处，我们对于二者都不能有何怨怼。不能有世界而无传统，亦不能有生命而无活动。正如赫拉克莱多思在现代哲学的初期所说，我们不能在同一川流中入浴二次，虽然如我们在今日所知，川流仍是不息的回[1]流着。没有一刻无新的晨光在地上，也没有一刻不见日没。最好是闲静的招呼那熹微的晨光，不必忙乱的奔上前去，也不要对于落日忘记感谢那曾为晨光之垂死的光明。

在道德的世界上，我们自己是那光明使者，那宇宙的历程即实现在我们身上。在一个短时间内，如我们愿意，我们可以用了光明去照我们路程的周围的黑暗。正如在古代火把竞走——这在路克勒丢思看来似是一切生活的象征——里一样，我们手持火把，沿着道路奔向前去。不久就会有人从后面来，追上我们。我们所有的技巧便在怎样的将那光明固定的炬火递在他手内，那时我们自己就隐没到黑暗里去。

这两节话我顶喜欢，觉得是一种很好的人生观，“现

【锺校】

①“回”原作“同”，据《雨天的书》《苦茶随笔》改。

代丛书”本的《新精神》卷首，即以此为题词，我时常引用，这回也是第三次了。蔼理斯的专门是医生，可是他又是思想家，此外又是文学批评家，在这方面也使我们不能忘记他的绩业。他于三十岁时刊行《新精神》，中间又有《断言》一集，《从卢梭到普鲁斯忒》出版时年已七十六，皆是文学思想论集，前后四十馀年而精神如一，其中如论惠忒曼、加沙诺伐、圣芳济、《尼可拉先生》的著者勒帖夫诸文，独具见识，都不是在别人的书中所能见到的东西。我曾说，精密的研究或者也有人能做，但是那样宽广的眼光，深厚的思想，实在是极不易再得。事实上当然是因为有了这种精神，所以做得那性心理研究的工作，但我们也希望可以从性心理养成一点好的精神，虽然未免有点我田引水，却是诚意的愿望。由这里出发去着手于中国妇女问题，正是极好也极难的事，我们小乘的人无此力量，只能守开卷有益之训，暂以读书而明理为目的而已。

十三

关于医学我所有的只是平人的普通常识，但是对于医学史却是很有兴趣。医学史现有英文本八册，觉得胜家博士的最好，日本文三册，富士川著《日本医学史》是一部巨著，但是纲要似更为适用，便于阅览。医疗或是生物的本能，如犬猫之自舐其创是也，但其发展为活人之术，无论是用法术或方剂，总之是人类文化之一特色，虽然与梃刃同是发明，而意义迥殊，中国称蚩尤作五兵，而神农尝药辨性，为人皇，可以见矣。医学史上所记便多是这些仁人之用心，不过大小稍有不同，我翻阅二家小史，对于法国巴斯德与日本杉田玄白的事迹，常不禁感叹，我想假如人类要找一点足以自夸的文明证据，大约只可求之于这方面罢。

我在《旧书回想记》里这样说过，已是四五年前的事。近日看伊略忒斯密士的《世界之初》，说创始耕种灌溉的人成为最初的王，在他死后便被尊崇为最初的神，还附有五千多年前的埃及石刻画，表示古圣王在开掘沟渠，又感觉很有意味。案神农氏在中国正是极好的例，他教民稼穑，又发明医药，农固应为神，古语云，不为良相，便为良医，可知医之尊，良相云者即是讳言王耳。我常想到巴斯德从啤酒的研究知道了霉菌的传染，这影响于人类福利者有多么大，单就外科伤科产科来说，因了消毒的施行，一年中要救助多少人命，以功德论，恐怕十九世纪的帝王将相中没有人可以及得他来。有一个时期我真想涉猎到霉菌学史去，因为受到相当大的感激，觉得这与人生及人道有极大的关系，可是终于怕得看不懂，所以没有决心这样做。

但是这回却又伸展到反对方面去，对于妖术史发生了不少的关心。据茂来女士著《西欧的巫教》等书说，所谓妖术即是古代土著宗教之遗留，大抵与古希腊的地母祭相近，只是被后来基督教所压倒，变成秘密结社，被目为撒但之徒，痛加剿除，这就是中世有名的神圣审问，至十七世纪末才渐停止。这巫教的说明论理是属于文化人类学的，本来可以不必分别，不过我的注意不是在他本身，却在于被审问追迹这一段落，所以这里名称也就正称之曰妖术。那些念佛宿山的老太婆们原来未必有什么政见，一旦捉去拷问，供得荒唐颠倒，结果坐实她们会得骑扫帚飞行，和宗旨不正的学究同付火刑，真是冤枉的事。

我记得中国杨恽以来的文字狱与孔融以来的思想狱，时感恐惧，因此对于西洋的神圣审问也感觉关切，而审问史关系神学问题为多，鄙性少信未能甚解，故转而截取妖术的一部分，了解较为容易。我的读书本来是很杂乱的，别的方面或者也还可以料得到，至于妖术恐怕说来有点鹘突，亦未可知，但在我却是很正经的一件事，也颇费心收罗资料，如散茂士的四大著，即是《妖术史》与《妖术地理》《僵尸》《人狼》，均是寒斋的珍本也。

十四

我的杂览从日本方面得来的也并不少。这大抵是关于日本的事情，至少也以日本为背景，这就是说很有点地方的色彩，与西洋的只是学问关系的稍有不同。有如民俗学本发源于西欧，涉猎神话传说研究与文化人类学的时候，便碰见好些交叉的处所。现在却又来提起日本的乡土研究，并不单因为二者学风稍殊之故，乃是别有理由的。

《乡土研究》刊行的初期，如南方熊楠那些论文，古今内外的引证，本是旧民俗学的一路，柳田国男氏的主张逐渐确立，成为国民生活之史的研究，名称亦归结于民间传承。我们对于日本感觉兴味，想要了解他的事情，在文学艺术方面摸索很久之后，觉得事倍功半，必须着手于国民感情生活，才有入处，我以为宗教最是重要，急切不能直入，则先注意于其上下四旁，民间传承正是绝好的一条路径。我常觉得中国人民的感情与思想集中于鬼，日本则集中于神，故欲了解中国须得研究礼俗，了解日本须得研究宗教。柳田氏著书极富，虽然关于宗教者不多，但如《日本之祭事》一书，给我很多的益处，此外诸书亦均多可作参证。当《远野物语》出版的时候，我正寄寓在本乡，跑到发行所去要了一册，共总刊行三百五十部，我所有的是第二九一号。因为书面上略有墨痕，想要另换一本，书店的人说这是编号的，只能顺序出售，这件小事至今还记得清楚。这与《石神问答》都是明治庚戌年出版，在《乡土研究》创刊前三年，是柳田氏最早的著作，以前只有一册《后狩祠[①]记》终于没有能够搜得。对于乡土研究的学问我始终是外行，知道不到多少，但是柳田氏的学识与文章我很是钦佩，从他的许多著书里得到不少的利益与悦乐。

与这同样情形的还有日本的民艺运动与柳宗悦氏。柳氏本系《白桦》同人，最初所写的多是关于宗教的文章，大部分收集在《宗教与其本质》一册书内。我本来不大懂宗教的，但柳氏诸文大抵读过，这不但因为意思诚实，文章朴茂，实在也由于所讲的是神秘道即神秘主义，合中世纪基督教与佛道各分子而贯通之，所以虽然是槛外也觉得不无兴味。柳氏又著有《朝鲜与其艺术》一书，其后有集名曰《信与美》，则收辑关于宗教与艺术的论文之合集也。民艺

【锺校】

①“祠”原作“词”。

运动约开始于二十年前，在《什器之美》论集与柳氏著《工艺之道》中意思说得最明白，大概与摩理斯的拉飞耳前派主张相似，求美于日常用具，集团的工艺之中，其虔敬的态度前后一致，信与美一语洵足以包括柳氏学问与事业之全貌矣。

民艺博物馆于数年前成立，惜未及一观，但得见图录等，已足令人神怡。柳氏著《初期大津绘》，浅井巧著《朝鲜之食案》，为《民艺丛书》之一，浅井氏又有《朝鲜陶器名汇》，均为寒斋所珍藏之书。又柳氏近著《和纸之美》，中附样本二十二种，阅之使人对于佳纸增贪惜之念。寿岳文章调查手漉纸工业，得其数种著书，近刊行其《纸漉村旅日记》，则附有样本百三十四，照相百九十九，可谓大观矣。式场隆三郎为精神病院长，而经管民艺博物馆与《民艺月刊》，著书数种，最近得其《大阪①随笔：民艺与生活》之私家板，只印百部，和纸印刷，有芹泽銈介作插画百五十，以染绘法作成后制板，再一一着色，觉得比本文更耐看。中国的道学家听之恐要说是玩物丧志，唯在鄙人则固唯有感激也。

【锺校】

①“阪”原作“板”。

十五

我平常有点喜欢地理类的杂记地志这一流的书，假如是我比较的住过好久的地方，自然特别注意，例如绍兴，北京。东京虽是外国，也算是其一。对于东京与明治时代我仿佛颇有情分，因此略想知道他的人情物色，延长一点便进到江户与德川幕府时代，不过上边的战国时代未免稍远，那也就够不到了。

最能谈讲维新前后的事情的要推三田村鸢鱼，但是我更喜欢马场孤蝶的《明治之东京》，只可惜他写的不很多。看图画自然更有意思，最有艺术及学问意味的有户冢正幸即东东亭主人所编的《江户之今昔》，福原信三编的《武藏野风物》。前者有图板百零八枚，大抵为旧东京府下今昔史迹，其中又收有民间用具六十馀点，则兼涉及民艺，后者为日本写真会会员所合作，以摄取渐将亡失之武藏野及乡土之风物为课题，共收得照相千点以上，就中选择编印成集，共一四四枚，有柳田氏序。描写武藏野一带者，国木田独步德富芦花以后人很不少，我觉得最有意思的却是永井荷风的《日和下驮》，曾经读过好几遍，翻看这些写真集时又总不禁想起书里的话来。

再往前去这种资料当然是德川时代的浮世绘，小岛乌水的浮世绘与风景画已有专书，广重有《东海道五十三次》，北斋有《富岳三十六景》等，几乎世界闻名，我们看看复刻本也就够有趣味，因为这不但画出风景，又是特殊的彩色木板画，与中国的很不相同。但是浮世绘的重要特色不在风景，乃是在于市井风俗，这一面也是我们所要看的。背景是市井，人物却多是女人，除了一部分画优伶面貌的以外，而女人又多以妓女为主，因此讲起浮世绘便总容易牵连到吉原游廓，事实上这二者确有极密切的关系。画面很是富丽，色泽也很艳美，可是这里边常有一抹暗影，或者可以说是东洋色，读中国的艺与文以至于道也总有此感，在这画上自然也更明了。永井荷风著《江户艺术论》第一章中曾云：

我反省自己是什么呢？我非威耳哈伦似的比利时人而是日本人也，生来就和他们的运命及境遇迥异的东洋人也。恋爱的至情不必说了，凡对于异性之性欲的感觉悉视为最大的罪恶，我辈即奉戴此法制者也，承受胜不过啼哭的小孩和地主的教训之人类也，知道说话则唇寒的国民也。使威耳哈伦感奋的那滴着鲜血的肥羊肉与芳醇的葡萄酒与强壮的妇女之绘画，那于我有什么用呢。呜呼，我爱浮世绘。苦海十年为亲卖身的游女的

> 绘姿使我泣，凭倚竹窗茫然看着流水的艺妓的姿态使我喜，卖宵夜面的纸灯寂寞地停留着的河边的夜景使我醉。雨夜啼月的杜鹃，阵雨中散落的秋天树叶，落花飘风的钟声，途中日暮的山路的雪，凡是无常，无告，无望的，使人无端嗟叹此世只是一梦的，这样的一切东西，于我都是可亲，于我都是可怀。

这一节话我引用过恐怕不止三次了。我们因为是外国人，感想未必完全与永井氏相同，但一样有的是东洋人的悲哀，所以于当作风俗画看之外，也常引起怅然之感，古人闻清歌而唤奈何，岂亦是此意耶。

十六

浮世绘如称为风俗画，那么川柳或者可以称为风俗诗吧。说也奇怪，讲浮世绘的人后来很是不少了，但是我最初认识浮世绘乃是由于宫武外骨的杂志《此花》，也因了他而引起对于川柳的兴趣来的。外骨是明治大正时代著述界的一位奇人，发刊过许多定期或单行本，而多与官僚政治及假道学相抵触，被禁至三十馀次之多。其刊物皆铅字和纸，木刻插图，涉及的范围颇广，其中如《笔祸史》《私刑类纂》《赌博史》《猥亵风俗史》等，《笑的女人》一名《卖春妇异名集》《川柳语汇》，都很别致，也甚有意义。《此花》是专门与其说研究不如说介绍浮世绘的月刊，继续出了两年，又编刻了好些画集，其后同样的介绍川柳，杂志名曰《变态知识》，若前出《语汇》乃是入门之书，后来也还没有更好的出现。

川柳是只用十七字音做成的讽刺诗，上者体察物理人情，直写出来，令人看了破颜一笑，有时或者还感到淡淡的哀愁，此所谓有情滑稽，最是高品。其次找出人生的缺陷，如绣花针噗哧的一下，叫声好痛，却也不至于刺出血来。这种诗读了很有意思，不过正与笑话相像，以人情风俗为材料，要理解他非先知道这些不可，不是很容易的事。川柳的名家以及史家选家都不济事，还是考证家要紧，特别是关于前时代的古句，这与江户生活的研究是不可分离的。这方面有西原柳雨，给我们写了些参考书，大正丙辰年与佐佐醒雪共著的《川柳吉原志》出得最早，十年后改出补订本，此外还有几种类书，只可惜《川柳风俗志》出了上卷，没有能做得完全。我在东京只有一回同了妻和亲戚家的夫妇到吉原去看过夜樱，但是关于那里的习俗事情却知道得不少，这便都是从西原及其他书本上得来的。这些知识本来也很有用，在江户的平民文学里所谓花魁是常在的，不知道她也总得远远的认识才行。

即如民间娱乐的落语，最初是几句话可以说了的笑话，后来渐渐拉长，明治以来在寄席即杂耍场所演的，大约要花上十来分钟了吧，他的材料固不限定，却也是说游里者为多。森鸥外在一篇小说中曾叙述说落语的情形云：

> 第二个说话人交替着出来，先谦逊道，人是换了却也换不出好处来。又作破题云，客官们的消遣就是玩玩窑姐儿。随后接着讲工人带了一个不知世故的男子到吉原去玩的故事。这实在可以说是吉原入门的讲义。

语虽诙谐，却亦是实情，正如中国笑话原亦有腐流殊禀等门类，而终以属于闺风世讳者为多，唯因无特定游里，故不显著耳。

江户文学中有滑稽本，也为我所喜欢，一九的《东海道中膝栗毛》，三马的《浮世风吕》与《浮世床》可为代表，这是一种滑稽小说，为中国所未有。前者借了两个旅人写他们路上的遭遇，重在特殊的事件，或者还不很难，后者写澡堂理发铺里往来的客人的言动，把寻常人的平凡事写出来，都变成一场小喜剧，觉得更有意思。中国在文学与生活上都缺少滑稽分子，不是健康的征候，或者这是伪道学所种下的病根欤。

十七

我不懂戏剧，但是也常涉猎戏剧史。正如我翻阅希腊悲剧的起源与发展的史料，得到好些知识，看了日本戏曲发达的径路也很感兴趣，这方面有两个人的书于我很有益处，这是佐佐醒雪与高野斑山。高野讲演剧的书更后出，但是我最受影响的还是佐佐的一册《近世国文学史》。佐佐氏于明治二十二年戊戌刊行《鹑衣评释》，庚子刊行《近松评释天之网岛》，辛亥出《国文学史》，那时我正在东京，即得一读，其中有两章略述歌舞伎与净琉璃二者发达之迹，很是简单明了，至今未尽忘记。也有的俳文集《鹑衣》固所喜欢，近松的《世话净琉璃》也想知道，这评释就成为顶好的入门书，事实上我好好的细读过的也只是这册《天之网岛》，读后一直留下很深的印象。这类曲本大都以情死为题材，日本称曰心中，《泽泻集》中曾有一文论之。在《怀东京》中说过，俗曲里礼赞恋爱与死，处处显出人情与义理的冲突。偶然听唱义太夫，便会遇见纸治，这就是《天之网岛》的俗名，因为里边的主人公是纸店的治兵卫与妓女小春。日本的平民艺术仿佛善于用优美的形式包藏深切的悲苦，这似是与中国很不同的一点。

佐佐又著有《俗曲评释》，自江户长呗以至端呗共五册，皆是抒情的歌曲，与叙事的有殊，乃与民谣相连接。高野编刊《俚谣集拾遗》时号斑山，后乃用本名辰之，其专门事业在于歌谣，著有《日本歌谣史》，编辑歌谣集成共十二册，皆是大部巨著。此外有汤朝竹山人，关于小呗亦多著述，寒斋所收有十五种，虽差少书卷气，但亦可谓勤劳矣。民国十年时曾译出俗歌六十首，大都是写游女荡妇之哀怨者，如木下杢太郎所云，耽想那卑俗的但是充满眼泪的江户平民艺术以为乐，此情三十年来盖如一日，今日重读仍多所感触。歌谣中有一部分为儿童歌，别有天真烂漫之趣，至为可喜，唯较好的总集尚不多见，案头只有村尾节三编的一册童谣，尚是大正己未年刊也。

与童谣相关连者别有玩具，也是我所喜欢的，但是我并未搜集实物，虽然遇见时也买几个，所以平常翻看的也还是图录以及年代与地方的纪录。在这方面最努力的是有阪与太郎，近二十年中刊行好些图录，所著有《日本玩具史》前后编，《乡土玩具大成》与《乡土玩具展望》，只可惜《大成》出了一卷，《展望》下卷也还未出版。所刊书中有一册《江都二色》，每叶画玩具二种，题谐诗一首咏之，木刻着色，原本刊于安永癸巳，即清乾隆三十八年。我曾感叹说，那时在中国正是大开四库馆，删改皇侃《论语义疏》，日本却是江户平民文学的烂熟期，浮世绘与狂歌发达到极顶，乃迸发而成此一卷玩具图咏，至可珍重。现代画家以玩具画著名者亦不少，画集率用木刻或玻璃板，稍有搜集，如清水晴风之《垂髫之友》，川崎巨泉之《玩具画谱》，各十集，西泽笛亩之《雏十种》等。西泽自号比那舍主人，亦作玩具杂画，以雏与人形为其专门，因故赤间君的介绍，曾得其寄赠大著《日本人形集成》及《人形大类聚》，深以为感。

又得到菅野新一编《藏王东之木孩儿》，木板画十二枚，解说一册，菊枫会编《古计志加加美》，则为菅野氏所寄赠，均是讲日本东北地方的一种木制人形的。《古计志加加美》改写汉字为《小芥子鉴》，以玻璃板列举工人百八十四名所作木偶三百三十馀枚，可谓大观。此木偶名为小芥子，而实则长五寸至一尺，镟圆棒为身，上着头，画为垂发小女，着简单彩色，质朴可喜，一称为木孩儿。菅野氏著系非卖品，《加加美》则只刊行三百部，故皆可纪念也。三年前承在北京之国府氏以古计志二躯见赠，曾写谐诗报之云：

芥子人形亦妙哉，出身应自埴轮来，

小孙望见嘻嘻笑，何处娃娃似棒槌。

依照《江都二色》的例，以狂诗题玩具，似亦未为不周当，只是草草恐不能相称为愧耳。

十八

我的杂学如上边所记，有大部分是从外国得来的，以英文与日本文为媒介，这里分析起来，大抵从西洋来的属于知的方面，从日本来的属于情的方面为多，对于我却是一样的有益处。我学英文当初为的是须得读学堂的教本，本来是敲门砖，后来离开了江南水师，便没有什么用了，姑且算作中学常识之一部分，有时利用了来看点书，得些现代的知识也好，也还是砖的作用，终于未曾走到英文学门里去，这个我不怎么懊悔，因为自己的力量只有这一点，要想入门是不够的。日本文比英文更不曾好好的学过，老实说除了丙午丁未之际，在骏河台的留学生会馆里，跟了菊池勉先生听过半年课之外，便是懒惰的时候居多，只因住在东京的关系，耳濡目染的慢慢的记得，其来源大抵是家庭的说话，看小说看报，听说书与笑话，没有讲堂的严格的训练，但是后面有社会的背景，所以还似乎比较容易学习。这样学了来的言语，有如一颗草花，即使是石竹花也罢，是有根的盆栽，与插瓶的大朵大理菊不同，其用处也就不大一样。我看日本人的书，并不专是为得通过了这文字去抓住其中的知识，乃是因为对于此事物感觉有点兴趣，连文字来赏味，有时这文字亦为其佳味之一分子，不很可以分离，虽然我们对于外国语想这样辨别，有点近于妄也不容易，但这总也是事实。我的关于日本的杂览既多以情趣为本，自然态度与求知识稍有殊异，文字或者仍是敲门的一块砖，不过对于砖也会得看看花纹式样，不见得用了立即扔在一旁。

我深感到日本文之不好译，这未必是客观的事实，只是由我个人的经验，或者因为比较英文多少知道一分的缘故，往往觉得字义与语气在微细之处很难两面合得恰好，大概可以当作一个证明。明治大正时代的日本文学，曾读过些小说与随笔，至今还有好些作品仍是喜欢，有时也拿出来看，如以杂志名代表派别，大抵有《保登登岐须》《昴》《三田文学》《新思潮》《白桦》诸种，其中作家多可佩服，今亦不复列举，因生存者尚多，暂且谨慎。

此外的外国语，还曾学过古希腊文与世界语。我最初学习希腊文，目的在于改译《新约》至少也是《四福音书》为古文，与佛经庶可相比，及至回国以后却又觉得那官话译本已经够好了，用不着重译，计画于是归于停顿。过了好些年之后，才把海罗达斯的《拟曲》译出，附加几篇牧歌，在上海出版，可惜版式不佳，细字长行大页，很不成样子。极想翻译欧利比台斯的悲剧《忒洛亚的女人们》，踌躇未敢下手，于民国廿六七年间译亚坡罗陀洛斯的神话集，本文幸已完成，写注释才成两章，搁笔的次日即是廿八年的元日，工作一顿挫就延到现今，未能续写下去，但是这总是极有意义的事，还想设法把他做完。

世界语是我自修得来的，原是一册用英文讲解的书，我在暑假中卧读消遣，一连两年没有读完，均归无用，至第三年乃决心把这五十课一气学习完毕，以后借了字典的帮助渐渐的看起书来。那时世界语原书很不易得，只知道在巴黎有书店发行，恰巧蔡孑民先生行遁欧洲，便写信去托他代买，大概寄来了有七八种，其中有《世界语文选》与《波兰小说选集》至今还收藏着，民国十年在西山养病的时候，曾从这里边译出几篇波兰的短篇小说，可以作为那时困学的纪念。世界语的理想是很好的，至于能否实现则未可知，反正事情之成败与理想之好坏是不一定有什么关系的。我对于世界语的批评是这太以欧语为基本，不过这如替柴孟和甫设想也是无可如何的，其缺点只是在没有学过一点欧语的中国人还是不大容易学会而已。

我的杂学原来不足为法，有老友曾批评说是横通，但是我想劝现代的青年朋友，有机会多学点外国文，我相信这当是有益无损的。俗语云，开一头门，多一些风。这本来是劝人谨慎的话，但是借了来说，学一种外国语有如多开一面门窗，可以放进风日，也可以眺望景色，别的不说，总也是很有意思的事吧。

十九

我的杂学里边最普通的一部分，大概要算是佛经了吧。但是在这里正如在汉文方面一样，也不是正宗的，这样便与许多读佛经的人走的不是一条路了。四十年前在南京时，曾经叩过杨仁山居士之门，承蒙传喻可修净土，虽然我读了《阿弥陀经》各种译本，觉得安养乐土的描写很有意思，又对于先到净土再行修道的本意，仿佛是希求住在租界里好用功一样，也很能了解，可是没有兴趣这样去做。禅宗的语录看了很有趣，实在还是不懂，至于参证的本意，如书上所记俗僧问溪水深浅，被从桥上推入水中，也能了解而且很是佩服，然而自己还没有跳下去的意思，单看语录有似意存稗贩，未免惭愧，所以这一类书虽是买了些，都搁在书架上。佛教的高深的学理那一方面，看去都是属于心理学玄学范围的，读了未必能懂，因此法相宗等均未敢问津。这样计算起来，几条大道都不走，就进不到佛教里去，我只是把佛经当作书来看，而且这汉文的书，所得的自然也只在文章及思想这两点上而已。

《四十二章经》与《佛遗教经》仿佛子书文笔，就是儒者也多喜称道，两晋六朝的译本多有文情俱胜者，什法师最有名，那种骈散合用的文体当然因新的需要的兴起，但能恰好的利用旧文字的能力去表出新意思，实在是很有意义的一种成就。这固然是翻译史上的一段光辉，可是在国文学史上意义也很不小，六朝之散文著作与佛经很有一种因缘，交互的作用，值得有人来加以疏通证明，于汉文学的前途也有极大的关系。十多年前我在北京大学讲过几年六朝散文，后来想添讲佛经这一部分，由学校规定名称曰“佛典文学”，课程纲要已经拟好送去了，七月发生了芦沟桥之变，事遂中止。课程纲要稿尚存在，重录于此：

六朝时佛经翻译极盛，文亦多佳胜。汉末译文模仿诸子，别无多大新意思，唐代又以求信故，质胜于文。唯六朝所译能运用当时文词，加以变化，于普通骈散文外造出一种新体制，其影响于后来文章者亦非浅鲜。今拟选取数种，少少讲读，注意于译经之文学的价值，亦并可作古代翻译文学看也。

至于从这面看出来的思想，当然是佛教精神，不过如上文说过，这不是甚深义谛，实在[①]是印度古圣贤对于人生特别是近于入世法的一种广大厚重的态度，根本与儒家相通而更为彻底，这大概因为他有那中国所缺少的宗教性。我在二十岁前后读《大乘起信论》无有所得，但是见了《菩萨投身饲饿虎经》，这里边的美而伟大的精神与文章至今还时时记起，使我感到感激，我想大禹与墨子也可以说具有这种精神，只是在中国这情热还只以对人间为限耳。又《布施度无极经》云：

众生扰扰，其苦无量，吾当为地。为旱作润，为湿作筏。饥食渴浆，寒衣热凉。为病作医，为冥作光。若在浊世颠倒之时，吾当于中作佛，度彼众生矣。

这一节话我也很是喜欢，本来就只是众生无边誓愿度的意思，却说得那么好，说理与美和合在一起，是很难得之作。

【锺校】

① 此处原衍"但"字，已删。

经论之外我还读过好些戒律，有大乘的也有些小乘的，虽然原来小乘律注明在家人勿看，我未能遵守，违了戒看戒律，这也是颇有意思的事。我读《梵网经》《菩萨戒本》及其他，很受感动，特别是贤首《戒疏》，是我所最喜读的书。尝举《食肉戒》中语，一切众生肉不得食，夫食肉者断大慈悲佛性种子，一切众生见而舍去，是故一切菩萨不得食一切众生肉，食肉得无量罪。加以说明云，我读旧约《利未记》，再看大小乘律，觉得其中所说的话要合理得多，而上边食肉戒的措辞我尤为喜欢，实在明智通达，古今莫及。

又《盗戒下》，注疏云：

> 善见云，盗空中鸟，左翅至右翅，尾至颠，上下亦尔，俱得重罪。准此戒，纵无主，鸟身自为主，盗皆重也。

鸟身自为主，这句话的精神何等博大深厚，我曾屡次致其赞叹之意，贤首是中国僧人，此亦是足强人意的事。我不敢妄劝青年人看佛书，若是三十岁以上，国文有根柢，常识具足的人，适宜的阅读，当能得些好处，此则鄙人可以明白回答者也。

二十

我写这篇文章本来全是出于偶然。从《儒林外史》里看到杂览杂学的名称，觉得很好玩，起手写了那首小引，随后又加添三节，作为第一分，在杂志上发表了。可是自己没有什么兴趣，不想再写下去了，然而既已发表，被催着要续稿，又不好不写，勉强执笔，有如秀才应岁考似的，把肚里所有的几百字凑起来缴卷，也就可以应付过去了罢。这真是成了鸡肋，弃之并不可惜，食之无味那是毫无问题的。这些杂乱的事情，要怎样安排得有次序，叙述得详略适中，固然不大容易，而且写的时候没有兴趣，所以更写不好，更是枯燥，草率。我最怕这成为自画自赞。骂犹自可，赞不得当乃尤不好过，何况自赞乎。因为竭力想避免这个，所以有些地方觉得写的不免太简略，这也是无可如何的事，但或者比多话还好一点亦未可知。总结起来看过一遍，把我杂览的大概简略的说了，还没有什么自己夸赞的地方，要说句好话，只能批八个字云，国文初通，常识略具而已。

我从古今中外各方面都受到各样影响，分析起来，大旨如上边说过，在知与情两面分别承受西洋与日本的影响为多，意的方面则纯是中国的，不但未受外来感化而发生变动，还一直以此为标准，去酌量容纳异国的影响。这个我向来称之曰儒家精神，虽然似乎有点笼统，与汉以后尤其是宋以后的儒教显有不同，但为得表示中国人所有的以生之意志为根本的那种人生观，利用这个名称殆无不可。我想神农大禹的传说就从这里发生，积极方面有墨子与商韩两路，消极方面有庄杨一路，孔孟站在中间，想要适宜的进行，这平凡而难实现的理想我觉得很有意思，以前屡次自号儒家者即由于此。佛教以异域宗教而能于中国思想上占很大的势力，固然自有其许多原因，如好谈玄的时代与道书同尊，讲理学的时候给儒生作参考，但是其大乘的思想之入世的精神与儒家相似，而且更为深彻，这原因恐怕要算是最大的吧。

这个主意既是确定的，外边加上去的东西自然就只在附属的地位，使他更强化与高深化，却未必能变化其方向。我自己觉得便是这么一个顽固的人，我的杂学的大部分实在都是我随身的附属品，有如手表眼镜及草帽，或是吃下去的滋养品如牛奶糖之类，有这些帮助使我更舒服与健全，却并不曾把我变成高鼻深目以至有牛的气味。我也知道偏爱儒家中庸是由于癖好，这里又缺少一点热与动，也承认是美中不足。儒家不曾说“怎么办”，像犹太人和斯拉夫人那样，便是证据。我看各民族古圣的画像也觉得很有意味，犹太的眼向着上是在祈祷，印度的伸手待接引众生，中国则常是叉手或拱着手。我说儒家总是从大禹讲起，即因为他实行道义之事功化，是实现儒家理想的人。近来我曾说，中国现今紧要的事有两件，一是伦理之自然化，二是道义之事功化。前者是根据现代人类的知识调整中国固有的思想，后者是实践自己所有的理想适应中国现在的需要，都是必要的事。此即是我杂学之归结点，以前种种说话，无论怎么的直说曲说，正说反说，归根结底的意见还只在此，就只是表现得不充足，恐怕读者一时抓不住要领，所以在这里赘说一句。

我平常不喜欢拉长了面孔说，这回无端写了两万多字，正经也就枯燥，仿佛招供似的文章，自己觉得不但不满而且也无谓。这样一个思想径路的简略地图，我想只足供给要攻击我的人，知悉我的据点所在，用作进攻的参考与准备，若是对于我的友人这大概是没有什么用处的。写到这里，我忽然想到，这篇文章的题目应该题作“愚人的自白”才好，只可惜前文已经发表，来不及再改正了。

（民国三十三年，七月五日）

第二分

武者先生和我

方纪生先生从东京寄信来，经了三星期才到，信里说起前日见到武者小路先生，他对于我送他的晋砖砚很是喜欢，要给我一幅铁斋的画，托宫崎丈二先生带来，并且说道，那幅画虽然自己很爱，但不知道周君是否也喜欢。我在给纪生的回信里说，洋画是不懂，却也爱东洋风的画，富冈铁斋可以说是纯东洋的画家，我想他的画我也一定喜欢的。在《东洋六大画家》中有铁斋的插画三幅，我都觉得很好，如《献新谷图》，如《荣启期带索图》，就是缩小影印的，也百看不厌，现在使我可以得到一张真迹，这实在是意外的幸事了。

我与武者小路先生初次相见是在民国八年秋天，已是二十四年前的事了。那时武者先生（平常大家这样叫他，现在也且沿用）在日本日向地方办新村，我往村里去看他，在万山之中的村中停了四天，就住在武者先生家的小楼上，后来又顺路历访大阪京都滨松东京各新村支部，前后共化了十天的工夫。第二次是民国二十三年，我利用暑假去到东京闲住了两个月，与武者先生会见，又同往新村支部去谈话一次。第三次在民国三十年春间，我往京都东京赴东亚文化协会之会，承日本笔会的诸位先生在星冈茶寮招待，武者先生也是其中之一人。今年四月武者先生往南京出席中日文化协会，转至北京，又得相见，这是第四次了。

其时我因事往南京苏州去走了一趟，及至回来，武者先生快要走了，只有中间一天的停留，所以我们会见也就只在那一天里，上午在北京饭店的《庸报》社座谈会上，下午来到我这里，匆匆的谈了一忽儿而已。这样计算起来，除了第一次的四天以外，我同武者先生聚谈的时候并不很多，可是往来的关系却已很久，所以两者间的友谊的确是极旧的了。承武者先生不弃，在他的文章里时时提及，又说当初相识彼此都在还没有名的时代，觉得这一点很有意思。其实这乃是客气的话，在二十四五年前，白桦派在日本文学上正很有名，武者先生是其领袖，我的胡乱写些文章，则确在这以后，却是至今也还不成气候，不过我们的交际不含有一点势利的分子，这是实在的事情。事变之后，武者先生常对我表示关心，大约是二十六年的冬天吧，在一篇随笔里说，不知现在周君的心情如何，很想一听他的真心话。当时我曾复一信，大意说如有机缘愿得面谈，惟不想用文字有所陈说，盖如倪云林所言，说便容易俗，日本所谓野暮也。近来听到又复说起，云觉得与周君当无不可谈者，看了很是感动，却也觉得惭愧。两国的人相谈，甲有甲的立场，乙有乙的立场，因此不大容易说得拢，此是平常的情形，但这却又不难互相体察谅解，那时候就可以说得成一起了，惟天下事愈与情理近者便愈远于事实，故往往亦终以慨叹。我近来未曾与武者先生长谈深谈过，似乎有点可惜，但是我感觉满足，盖谈到最相契合时恐怕亦只是一叹喟，现在即使不谈而我也一样的相信，与武者先生当无不可谈，且可谈得契合，这是一种愉快同时也是幸福的事。最初听说武者先生要到中国来漫游，我以为是个人旅行，便写信给东京的友人，托其转带口信，请他暂时不必出来，因为在此乱世，人心不安，中国文化正在停顿，殊无可观，旅途辛苦，恐所得不偿失。嗣知其来盖属于团体，自是别一回事了。武者先生以其固有的朴诚的态度，在中国留下极深的好印象，可谓不虚此行，私人方面又得一见面，则在我亦为有幸矣。惟愿和平告成后，中国的学问艺术少少就绪，其实再请武者先生枉驾光来，即使别无成绩可以表示，而民生安定，彼此得以开怀畅聚，将互举历来所未谈及者痛快陈之，且试印证以为必定契合者是否真是如此，亦是很有意思的事也。

至于我送给武者先生的那砖砚，与其说是砚，还不如说是砖为得当，那是一小方西晋时的墓砖，有元康九年字样，时为基督纪元二百九十九年，即距今一千六百四十四年前也。我当初搜集古砖，取其是在绍兴出土的，但是到了北京以后，就不能再如此了，也只取其古，又是工艺品，是一种有趣味的小古董而已。有人喜欢把它琢成砚，或是水仙花盆之类，我并不喜欢，不过既已做成了，也只好随它去。我想送给武者先生一块古砖，作为来苦雨斋的纪念，但是面积大，分量重的不大好携带，便挑取了这块元康断砖，而它恰巧是琢成砚形的，因此被称为砚，其实我是当作砖送他的，假如当砚用一定很不合适，好的砚有端溪种种正多着哩。古语云，抛砖引玉。我所抛的正是一块砖，不意却引了一张名人的画来，这正与成语相符，可谓巧合也矣。

（民国癸未秋分节）

上边这篇文章是九月下旬写的。因为那时报上记载，武者先生来华时我奉赠一砚，将以一幅画回赠，以为是中日文人交际的佳话。我便想说明，我所送的是一块砖，送他的缘因是多年旧识，非为文人之故，不觉词费，写了三张稿纸。秋分节是二十四日，过了两天，宫崎先生来访，给我送来铁斋的那幅画，这是一个折扇面，裱作立轴，上画作四人，一绿衣以爪杖搔背，一红衣以纸捻刺鼻，一绿衣蓝褂挑耳，一红衣脱巾两手抓发，座前置香炉一，茶碗三，纸二枚。上端题曰：

经月得楼飕，头懒垢不醴，
树间一梳理，道与精神会。

×

痒处搔不及，赖有童子手，
精微不可传，挂齿一转首。

×

呿口眼尾垂，欲喷将未发，
竟以纸用事，快等船出闸。

×

耳痒欲拈去，猛省须用明，
注目深探之，疏快满须发。

右李成德画理发搔背刺喷明耳四畅图赞，

觉范所作，铁斋写并录。

赞一末句会字，赞四次句省、用字，均脱，今照《石门文字禅》卷十四原本补入。按南唐王齐翰有《挑耳图》，似此种图画古已有之，列为四畅，或始于李成德乎。据《清河书画舫》云，王画法学吴道子，李不知如何，惟飘逸之致则或者为铁斋所独有，但自己不懂画更甚于诗，亦不敢多作妄言也。铁斋生于天保七年（清道光十六年），大正十三年（民国十三年）除夕卒，寿八十九岁，惟《荣启期带索图》为其绝笔，则已署年九十矣。

（十月一日再记）

草囤与茅屋

近日整理书架，有几种旧杂志，重复拿出来看一遍，觉得很有意思。这里其一是飞驒考古土俗学会所编刊的《飞驒人》，其二是日本民艺协会的月刊《民艺》。

《飞驒人》发刊已有十年以上，我所有的只是第八九十年这三卷，以前的另册六本而已。编辑人为江马夫人三枝子女史，是知名的民俗学家。江马修氏则是大正时代的小说家，短篇《小小的一个人》我于民国七年中译出登在《新青年》上，差不多可以算是翻译日本作品的开始，暑假时回南边去，也带了一册《受难者》在火车上阅读。近年江马氏在家乡写了一部《山国的人民》，共有三册，叙述飞驒在明治维新之初的事情，虽然分量较少，是可以与藤村的《黎明之前》相比的大著作。飞驒的都市固然已现代化，但是许多山村还保留不少封建时代的遗风，因此民俗调查更特别有意义，江马夫人又多注意于女性生活，这是自然的却也是难得的事。偶然得到三国书房出版的几种丛书，读了很感兴趣，特别是江马三枝子的《飞驒的女人们》，濑川清子的《海女记》与《贩女》，能田多代子的《乡村的女性》。江马夫人著书中有几章曾在《飞驒人》上登载过，濑川、能田两女史也都是常常寄稿的人，与这刊物很有关系的。《海女记》我曾经细细读过，《飞驒的女人们》读了更很有所感，最喜欢的是第一篇《草囤里》，叙述儿童期的暗淡状况，为山村的辛苦生活的起头，很想翻译出来，但写了几行又复歇下了。草囤和名津不罗，飞驒地方[①]的据插画是一种小木桶，普通多束稻草蟠曲叠成之，坐小儿其中，吾乡称曰囤窠，唯用于冬日，夏则有坐车，他处或无区别也。文中说到了插秧什么农忙时期，吃奶的小儿放入草囤里便摆在田塍的阴凉处，或者单独留在家里。原文有一节云：在江马的长篇小说《山国的人民》第二部中，曾记着明治元年那时的革新的知事梅村速水微行观察插秧时节的农村的事。半路上遇着大阵雨，梅村主从两人跑进一家穷苦的农民家里躲雨去。那时的情景这样的写着——

【锺校】

① 此处原衍“虽”字，已删。

家里边很暗，在梅村的眼里全是灰黑色的。跑进去的地方是二弓左右高低不平的泥土地，左边是一间并没有马的乱杂的马房，因了马溺以及腐烂的草的强烈的臭气，家里闷得透不过气来。当面是一间比较宽阔，满是灰尘，低的板地的厨房，在没有火的地炉上面，有一根藤蔓制的粗糙的钩子，从漆黑的屋顶直挂在那里。板地上到处都是屋漏水，滴答滴答响着。

人是谁也不在。

梅村很有兴味似的将这贫穷的空虚暗黑的家里四面看到，忽然大张了眼。在里边黑而细的柱子旁边，有一个用稻草编成桶形的草囤，里面放着一岁左右的小儿。这婴儿的小脸上看去黑黑的聚满了苍蝇。小儿一半睡着，却又在发出像要消灭似的微细的咿咿的啼声。看起来大概是小儿觉得苍蝇讨厌得很，早就用力的叫喊，可是苍蝇看透了对手之无用，并不想走开，而且闻了乳花香来的只是加多，终于哭得倦了，也哭不出声了，所以昏昏的半睡着，还在微微的发出绝望的悲鸣吧。

“这可了不得。”刚嚷这一句，梅村就穿着草鞋跨上板地，一直走到草囤边去。苍蝇多少逃去了一点，可是大部分还黑黑的仍旧停留在小儿的脸上。他急忙打开扇子，在草囤上边猛扇了两三下，苍蝇的黑色的一块嗡嗡的叫着，这才离开小儿的脸，纷纷的满屋飞散了。

“好凶的蝇呀。”随从源八说，也看得有点呆了。

“蝇固然凶，父母也凶呀。真亏他们会得把婴孩这样的抛弃着。”

“因为田里很忙的缘故吧。”

“那是知道的。可是，无论怎么忙，也该有什么个办法吧。或者背了小儿不能插秧也说不定，总之不该把小儿独自抛在家里，让苍蝇尽叮着的呀。”梅村生气似的这样说。回过头去看时，苍蝇的黑的一群又是围住了小儿，一面嗡的叫着，在等机会想聚集到那乳花香的小脸上去。小儿仍是那么像要消灭似的咿咿的啼哭着。他再用扇子去赶苍蝇，不让它们去袭击小儿，一面差不多发怒似的喊道：

“源八，快去找那父母回来。”

于是那正在插秧的母亲叫了来，很被梅村知事叱责了一顿。被大人所骂了，母亲非常惶恐，只是谢罪求饶。可是实际上并不明白，为什么因了这一点事会得这样的挨骂的呢。可不是这种事情向来就是如此，也并不见得这于小孩有什么害处，而且也不曾听说过苍蝇有什么毒，被苍蝇叮了会得生病。村人听了这件事，便说大人们只知道骂老百姓，把梅村看作无道的暴君似的，很是怨恨。

——在《山国的人民》里所写的是明治维新之际的事情，可是这样的事就是在现今只要走到山村里去也可以见到许多。不久以前在某村提起这事，本地的村长以及重要的人都说，小时候被苍蝇叮了，哭得转不过气来，所以长大了的时候都有好声音，也会唱歌的呀，说着游戏话，却是承认了这个事实。

上文所引的这节故事，我拿《山国的人民》来查，出在第二部《奔流》的第四章里，前后又讲梅村收埋弃婴，撰文立碑的事，这一章的题目恰又是《小小的一个人》，与二十六七年前的小说正是同名，在作者想必自有意义，我重读一遍也颇有感慨，实亦只是写此小文的一点意思而已。

我读了《飞驒的女人们》，很想翻译介绍到中国来，特别是那第一章《草囤里》，这是为什么呢？因为这里边所记述的是日本中部山村农民——或是农妇生活的实情，介绍过来可以有一种诚实亲密之感，这是在别的普通的文章书本里所没有的。近时盛行一句同甘共苦的话，鄙意以为同甘是颇浅薄的一件事，无论口惠而实不至的将来的甜蜜话毫不足信，就是确确实实的大家现在一起吃糖的照相也无甚意思，至多是可以引动儿童们的歆羡罢了，比较的重要而有意义的倒是共苦。古人有言，可与共患难而不可与共安乐，可见共苦比同甘为容易。甘与争竞近，而苦则反相接引，例如鱼之相濡以沫。我们闻知了别个的苦辛忧患，假如这中介的文字语言比较有力，自然发生同情，有吾与尔犹彼也，或你即是我之感，这是一种在道德宗教上极崇高的感觉。人们常说，亚细亚是一个。这点当然是对的，我也曾这样说过，东亚的文化是整个的，东亚的运命也是整个的，差不多可以算作说明。但是这里重要的是，文化的共同过去有事实证明，不过这也会得离散的，如不是现在再加以什么维系，而运命的共同如没有事实的证明，则即在现在也还将不免成为空话，不会得大家的相信。现今最重要的是在事实上证明东亚人共同的苦辛，在这苦之同一上建立东亚团结的基本，共向着甘的方面突击去，这才有些希望。日本的诗人文人从前常说到东洋人的悲哀，和西洋的运命及境遇迥异的东洋人的苦辛，我读了很有感触，觉得此是中日文艺以至一切关系的正当基调，从这里出发，凡有接触与调和都可以圆满，若是以西洋本位的模拟为满足，那么回过东洋来只有优越，便与本洲全是隔膜，什么都无从说起。在八年前与友人书中我曾说道：

> 我们要研究，理解，或谈日本的文化，其目的不外是想去找出日本民族代表的贤哲来，听听同为人类同为东洋人的悲哀，却把那些英雄搁在一旁，无论这是怎么地可怨恨或轻蔑。

自己知道是少信的人，对于英雄崇拜缺少兴味，但上边的话亦不是完全乱道，想起米勒的名画来，《拾落穗》与《晚祷》二图所含意义甚大，总比大查理或那颇伦画像更足以表现法国人民之生活与精神吧。我想翻译介绍日本人民生活情形，希望读者从这中间感到东亚人共同的苦辛，发出爱与相怜之感情，以代替一般宣传与经验所养成的敬或畏，要知畏固可转憎，而敬亦即是远也。唯是个人的意思虑难得众人的赞可，亦不敢强为主张，《草囤里》之翻译也就中止，这回因《飞驒人》而又提及，实亦是偶然的事也。

上边闲话写得太长了，关于《民艺》只能简略的一说。月刊《民艺》创刊于昭和十四年四月，到本年一月已出到五十七号，我都保存着。日本民艺运动以柳宗悦氏为中心，开始于十八年前，至今已成立民艺馆一所，杂志于《民艺》外尚有《工艺》一种，书籍单行本甚多。柳氏为白桦派之一人，最初多论宗教问题，质朴可喜，我虽是门外汉亦喜读之，继而谈朝鲜的艺术，又转入民艺，其所著书大抵搜得。我对于民艺感觉兴趣，其原由殆与民俗有关，唯自知不懂高级美术，正如不懂诗一样，这恐怕也是别一缘由。民艺馆所编有《日本民艺品图录》，凡四十四图，我最喜欢，屡次翻看，仿佛都能领会，常有亲近之感。又有一册英文书，名曰《日本之民艺》，为国际文化振兴会出版之一，论文出于柳氏之手，插图十九枚亦均佳，我尤爱其中四张农家茅屋的照相，第四张那个茅檐白壁的门，门外两旁种着豆麦，望过去真好面善似的，这固然异于城内的老家，可是似乎是一家亲戚的门的幻想，却是愈看愈深。

看福原信三编的《武藏野风物》，百五十图中也有不少相似的印象。这种宣传可谓有效，比铁筋洋灰的建筑物更有说服人的力量，但是或者也太素朴一点了，在西洋式的宣传上不合式，则在现代也就难得大家的采取与赏识者也。

（民国三十三年二月八日）

苏州的回忆

说是回忆，仿佛是与苏州有很深的关系，至少也总住过十年以上的样子，可是事实上却并不然。民国七八年间坐火车走过苏州，共有四次，都不曾下车，所看见的只是车站内的情形而已。去年四月因事往南京，始得顺便至苏州一游，也只有两天的停留，没有走到多少地方，所以见闻很是有限。当时江苏日报社有郭梦鸥先生以外几位陪着我们走，在那两天的报上随时都有很好的报道，后来郭先生又有一篇文章，登在第三期的《风雨谈》上，此外实在觉得更没有什么可以纪录的了。但是，从北京远迢迢地往苏州走一趟，现在也不是容易事，其时又承本地各位先生恳切招待，别转头来走开之后，再不打一声招呼，似乎也有点对不起。现在事已隔年，印象与感想都渐就着落，虽然比较地简单化了，却也可以稍得要领，记一点出来，聊以表示对于苏州的恭敬之意，至于旅人的话，谬误难免，这是要请大家见恕的了。

我旅行过的地方很少，有些只根据书上的图像，总之我看见各地方的市街与房屋，常引起一个联想，觉得东方的世界是整个的。譬如中国，日本，朝鲜，琉球，各地方的家屋，单就照片上看也罢，便会确凿地感到这里是整个的东亚。我们再看乌鲁木齐，宁古塔，昆明各地方，又同样的感觉这里的中国也是整个的。可是在这整个之中别有其微妙的变化与推移，看起来亦是很有趣味的事。以前我从北京回绍兴去，浦口下车渡过长江，就的确觉得已经到了南边，及车抵苏州站，看见月台上车厢里的人物声色，便又仿佛已入故乡境内，虽然实在还有五六百里的距离。现在通称江浙，有如古时所谓吴越或吴会，本来就是一家，杜荀鹤有几首诗说得很好，其一《送人游吴》云：

君到姑苏见，人家尽枕河。
古宫闲地少，水港小桥多。
夜市卖菱藕，春船载绮罗。
遥知未眠月，乡思在渔歌。

又一首《送友游吴越》云：

去越从吴过，吴疆与越连。
有园多种橘，无水不生莲。
夜市桥边火，春风寺外船。

此中偏重客，君去必经年。

诗固然做的好，所写事情也正确实，能写出两地相同的情景。我到苏州第一感觉的也是这一点，其实即是证实我原有的漠然的印象罢了。我们下车后，就被招待游灵岩去。先到木渎在石家饭店吃过中饭，从车站到灵岩，第二天又出城到虎丘，这都是路上风景好，比目的地还有意思，正与游兰亭的人是同一经验。我特别感觉有趣味的，乃是在木渎下了汽车，走过两条街往石家饭店去时，看见那里的小河，小船，石桥，两岸枕河的人家，觉得和绍兴一样，这是江南的寻常景色，在我江东的人看了也同样的亲近，恍如身在故乡了。又在小街上见到一爿糕店，这在家乡极是平常，但北方绝无这些糕类，好些年前曾在《卖糖》这一篇小文中附带说及，很表现出一种乡愁来，现在却忽然遇见，怎能不感到喜悦呢。只可惜匆匆走过，未及细看这柜台上蒸笼里所放着的是什么糕点，自然更不能够买了来尝了。不过就只是这样看一眼走过了，也已很是愉快，后来不久在城里几处地方，虽然不是这店里所做，好的糕饼也吃到好些，可以算是满意了。

第二天往马医科巷，据说这地名本来是蚂蚁窠巷，后来转讹，并不真是有个马医牛医住在那里，去拜访俞曲园先生的春在堂。南方式的厅堂结构原与北方不同，我在曲园前面的堂屋里徘徊良久之后，再往南去看俞先生著书的两间小屋，那时所见这些过廊，侧门，天井种种，都恍惚是曾经见过似的，又流连了一会儿，我对同行的友人说，平伯有这样好的老屋在此，何必留滞北方，我回去应当劝他南归才对。说的虽是半玩半笑的话，我的意思却是完全诚实的，只是没有为平伯打算罢了，那所大房子就是不加修理，只说点灯，装电灯固然了不得，石油没有，植物油又太贵，都无办法，故即欲为点一盏读书灯计，亦自只好仍旧蛰居于北京之古槐书屋矣。我又去拜谒章太炎先生墓，这是在锦帆路章宅的后园里，情形如郭先生文中所记，兹不重述。章宅现由省政府宣传处明处长借住，我们进去稍坐，是一座洋式的楼房，后边讲学的地方云为外国人所占用，尚未能收回，因此我们也不能进去一看，殊属遗憾。俞章两先生是清末民初的国学大师，却都别有一种特色，俞先生以经师而留心轻文学，为新文学运动之先河；章先生以儒家而兼治佛学，倡导革命，又承先启后，对于中国之学术与政治的改革至有影响，但是在晚年却又不约而同的定住苏州，这可以说是非偶然的偶然，我觉得这里很有意义，也很有意思。俞章两先生是浙西人，对于吴地很有情分，也可以算是一小部分的理由，但其重要的原因还当别有所在。由我看去，南京、上海、杭州，均各有其价值与历史，唯若欲求多有文化的空气与环境者，大约无过苏州了吧。两先生的意思或者看重这一点，也未可定。现在南京有中央大学，杭州也有浙江大学了，我以为在苏州应当有一个江苏大学，顺应其环境与空气，特别向人文科学方面发展，完成两先生之弘业大愿，为东南文化确立其根基，此亦正是丧乱中之一切要事也。

在苏州的两个早晨过得很好，都有好东西吃，虽然这说的似乎有点俗，但是事实如此，而且谈起苏州，假如不讲到这一点，我想终不免是一个罅漏。若问好东西是什么，其实我是乡下粗人，只知道是糕饼点心，到口便吞，并不曾细问种种的名号。我只记得乱吃得很不少，当初《江苏日报》或是郭先生的大文里仿佛有着记录。我常这样想，一国的历史与文化传得久远了，在生活上总会留下一点痕迹，或是华丽，或是清淡，却无不是精炼的，这并不想要夸耀什么，却是自然应有的表现。我初来北京的时候，因为没有什么好点心，曾经发过牢骚，并非真是这样贪吃，实在也只为觉得他太寒伧，枉做了五百年首都，连一些细点心都做不出，未免丢人罢了。我们第一早晨在吴苑，次日在新亚，所吃的点心都很好，是我在北京所不曾见过的，后来又托朋友在采芝斋买些干点心，预备带回去给小孩辈吃，物事不必珍贵，但也很是精炼的，这尽够使我满意而且佩服，即此亦可见苏州生活文化之一斑了。这里我特别感觉有趣味的，乃是吴苑茶社所见的情形。茶食精洁，布置简易，没有洋派气味，固已很好，而吃茶的人那么多，有的像是祖母老太太，带领家人妇子，围着方桌，悠悠的享用，看了很有意思。性急的人要说，在战时这种态度行么？我想，此刻现在，这里的人这么做是并没有什么错的。大抵中国人多受孟子思想的影响，他的态度不会得一时急变，若是因战时而面粉白糖渐渐不见了，被迫得没有点心吃，出于被动的事那是可能的。总之在苏州，至少是那时候，见了物资充裕，生活安适，由我们看惯了北方困穷的情形的人看去，实在是值得称赞与羡慕。我在苏州感觉得不很适意的也有一件事，这便是住处。据说苏州旅馆绝不容易找，我们承公家的斡旋得能在乐乡饭店住下，已经大可感谢了，可是老实说，实在不大高明。

设备如何都没有关系，就只苦于太热闹，那时我听见打牌声，幸而并不在贴夹壁，更幸而没有拉胡琴唱曲的，否则次日往虎丘去时马车也将坐不稳了。就是像沧浪亭的旧房子也好，打扫几间，让不爱热闹的人可以借住，一面也省得去占忙的房间，妨碍人家的娱乐，倒正是一举两得的事吧。

在苏州只住了两天，离开苏州已将一年了，但是有些事情还清楚的记得，现在写出来几项以为纪念，希望将来还有机缘再去，或者长住些时光，对于吴语文学的发源地更加以观察与认识也。

（民国甲申三月八日）

两种祭规

案头放着两部书，草草一看似乎是很无聊的东西，但是我却觉得很有意思，翻阅了几回之后，决心来写一篇小文，作为介绍。这是两种祭规。其一，萧山汪氏的《大宗祠祭规》，嘉庆七年刊，为汪辉祖所订定，有序文。其二，山阴平氏的《瀫祭值年祭簿》，约在光绪十六年，为平步青所订定，手写稿本。祭规本来只是宗祠或房派的祭祀规则，想来多是呆板单调的，没有什么可看，但是祭祀是民俗之一重要部分，这祭规正也是其中的一种重要资料，况且汪平二氏都是绍兴大家，又经过两位名人的手定，其文献上的价值自然更是确实无疑的了。

在宗祠或房派之祭祀，除夕与元旦都是同样重要，平常轮值交代大抵在冬至之后，新值年房份便从年末的祭祀办理起头。现在便从汪氏《大宗祠祭规》中值祭条款，将除夕元旦两项抄录于下：

除夕：三日前值祭家至祠，洒扫拂尘，堂室神道等处整理牌位，务使洁净。除夕下午设案菜一桌，内用特杀鸡，共十二味，酒饭杯箸十二副，中座及左右两边并祔祀所各用宵烛一对，大纸一块，足锭三百，爆竹十枚。值祭五房俱至礼拜。

元旦：中座用半通烛一对，线香一股，两边及祔祀所各用门宵一对，线香三枝，以后早晚俱用二枝，至初五日晚止。

平氏祭簿所记如下：

除夕悬像。像前用高香，大门宵烛一对，二两，横溪纸一块，即顶长，大库锭四百个，供菜十大碗，八荤两素，内用特鸡，酒四杯，胡太君茹素，供开水一杯，饭五碗，筷五副，莲子高茶五盅，供果五寸盘五盘，年糕，粽子，水果三色，攒盒一个，供至新正初五日收。各房子孙随到随拜，值年房备茶，不散胙。

元旦像前供汤圆五碗，早晚点香烛，至初五日止。黎明至宗祠，备二两烛一对同点。

这里或者要稍加说明，上文所云宵烛门宵即是二两烛，半通即八两烛，一斤者名斤通，意谓可点通夜，故宵烛或者亦指时间，谓可点至定更也。黄纸相对互切，抖之则拖垂如索，与银锭同焚，俗云以作钱串，名曰烧纸，大块狭长者名横溪，本是造纸地名，大纸亦即指此。煮莲子加糖，名莲子茶，以供宾客，若供祖则用高茶，剪圆纸板上糊红纸，以浆糊粘生莲子成圈，数枚叠置，以次渐小，成圆锥形，装茶盅上，高可三寸，故名，或以生莲子散置盅内，则名懒惰茶，不常用，嫌不敬也。

家祭重二至，祠祭则重二分。《大宗祠祭规》中关于二分祭日所记甚详，今节录之：

> 大宗祠于二分之祭最重。祭先五日，写帖数张，粘示通衢数处，知会统族。祭日黎明鸣锣邀集，至再至三，迟者听其自误，与祭不到，不准饮酒。
>
> 大厅中堂祭品祭器式：汤猪全体，蒸羊二腔，熟鹅二只，肥鸡二只，鲜鱼二尾，馒首二盘，秋分加月饼一盘，减馒首一盘，五事全副，供花一对，桌围三张，面架一座，手巾一条，铜盆三面，水果五碗，高尺三，半通一对，黄香一两，方桌二张，蒲墩拜垫。
>
> 神座前祭筵式：水果五碗，高一尺，案菜两桌，陈酒两壶，宵烛一对，大纸两块，足锭一千，祭文一通，三献每三，酒羹饭，汤饭杯箸廿

四副。

饮福式：每桌十味，五人合席，各人给馒首二枚。猪羊等肉俱照分量，以熟为度。酒用真陈，司酒者当堂开坛，每桌先给酒签两支，酒有定提，每壶两提，不得增减，违者公同议罚。猪肉熟一斤，白切。羊肉熟十两，拌杂。藕，肠肝，装鹅熟八两，鲜鱼生一斤，羊杂，装鸡六两，芽豆，血汤。

案祭桌用香炉一，烛台二，插供花之瓶二，通称五事，如无花瓶则称三事，多以锡为之，间有用古铜者。水果高尺三或一尺者曰高果，与高茶相似，大抵用竹签穿金橘荸荠等，数本直立，插黄土墩上，置特制锡碗中，但以饰观瞻，不中吃也。饮酒每席五人，桌一面悬桌帏，对面一座，由房份长老分占之，上下四座则后辈杂坐矣。

春秋分日祠祭照例有祭文，汪氏祭规所记秋祭祝文较为简明，录之以为一例。文曰：

维年月日，主祭裔孙某率各支大小等，谨以刚鬣柔毛，清酌时馐之仪，致祭于始祖考云云，以暨阖堂先灵之神座前曰，祭以时举，孝思是将。懿惟祖德，源远流长，十世百世，勿愆勿忘。爰歌其获，早稼登场，我稻可荐，我酒可觞。敬修祀事，济济跄跄，我祖顾之，庶几乐康，式饮式食，降福穰穰。尚飨。

平氏祭簿不曾记有冬夏二至祭祀成式，惟诞讳祭祀时却用祝文，今录其一：

维年月日，孝宗孙某等，谨以清酌庶羞之奠，致祭于几世祖考某某府君之神位前曰，呜呼，岁序流易，诞日复临，追远感时，不胜永慕。薄具牲醴，用申奠献，谨奉几世祖妣某太君配享。尚飨。

簿中所记诞讳日期共有十六，祭文则只此一篇，唯改换人名及诞讳字样而已。诞讳祭祀俗称做忌日，用祝文者似不多见，而用法简便，亦复特别，岁序流易等四句朴实可喜，文词简易而意思充足，非凡手所能作，或出于平景孙之手乎。

祭簿中记录最详的是清明扫墓成规，原有娄公、花径、璜山三处，大同小异，今录娄公一篇，取其最完备也。

座船两只（小注云，向例岁内冬至宗祠内汇齐，写定船票，清明前后为期，每只约船钱银三钱几分不等，临时给船米七升五合，酒十五钧，鱼二尾，鸡蛋二个，折午饭九四钱百文，点心等俱无。后改一切俱包，回城上岸时每只给掸舱酒一升壶)，今改大三棹船一只，酒饭船一只，厨子船一只，吹手船一只，吹手四名。

祀后土神祭品，肉一方，刀盐一盘，腐一盘，太锭一副，烧纸一块，上香，门宵烛一对，酒一壶，祝文。

墓前供菜十大碗，八荤两素，内用特鸡。三牲一副，鹅、鱼、肉。水果三色，百子小首一盘，坟饼一盘，汤饭杯筷均六副。上香，门宵烛一对，横溪纸一块，大库锭六百足，祝文。酒一壶，献杯三只。

在船子孙每房二人。值年房备茶，半路各给双料荤首两个，白糖双酥烧饼两个，粉汤一碗，近改用面。散胙六桌，八荤两素，自同治三年起减为两桌。每桌酒几壶不等，酱油醋各二碟，小桌二桌，三炉十碗。吹手水手半路各给小首二个，烧饼两个，粉汤一碗，近年止改用面一中碗。管坟人给九四钱二百文，酒一升壶。

案酒十五钧即是十五提，普通只写作吊。九四钱以九十四文作一百，当时无足陌钱，至多亦止九八而已。三棹今通称三道船，亦称三明瓦，谓有蛎壳窗三重也。百子小首者小馒首之略，坟饼当是上坟烧饼，双酥烧饼每个二文，此则或是一文两个也。三炉碗系家常用菜碗，较大者名二炉碗，或称斗魁，更大则是海碗矣。

扫墓照例有祝文，祭簿亦载有成式，三处均是同文，今录其一于下。祝后土祝文云：

> 维年月日，信士平某敢昭告于某地后土尊神之位前曰，惟神正直聪明，职司此土。今某等躬修岁事于几世祖考某某府君几世祖妣某氏太君之墓，惟时保佑，实赖神庥，敢以牲醴，用申虔告。尚飨。

墓前祝文云：

> 维年月日，孝宗孙某等，谨以清酌庶羞之奠，致祭于几世祖考某某府君几世祖妣某氏太君之墓前曰，呜呼，岁序流易，节届清明，瞻拜封茔，不胜永慕。薄具牲醴，用申奠献。尚飨。

这两篇文章也都简要得体，祭墓祝文更与忌日所用者相同，尤有意思。大抵祭祀原是仪式，必须庄重，因此仪文言动也有一定规律，乃得见其严肃，这祝文程式的一致，我想即其一端。有些人家用扫墓祝文不是一样，多就各地发挥做去，文词绚烂，声调响朗，容易失却庄严之致，反不合式。因平氏祝文而想到，觉得简单庄重实为祭祀之要点，繁文缛节，仆仆亟拜，均非所宜也。

上述祭规中未记拜法，盖因人人皆知也，惟各处风俗亦不尽同，今就所知补记于此。平常祭祖先，家长上香后以次四跪四拜，拜毕焚纸钱，再各一跪四拜，家长奠酒，一揖，灭烛，再一揖，撤香礼毕。祠墓祭行三献，人多不能参与陪祭者，于献后分排行礼，四跪四拜毕即继以一跪四拜，中间不再间断。此种拜法不知始于何时，唯通行颇广，所谓拜者乃是叩首兼揖，其一跪三叩首则俗称为官拜，唯吊丧时用之。妇女只用肃拜，合两袖当胸，上下数四，跪而伏拜，起立又拜而退，俗语称妇女拜曰时越切，亦须以乡音切之，国语无此音，疑其本字亦只是肃耳。范啸风著《越谚》三卷，为破天荒之书，唯关于祭祀名物亦多缺略，上文所注多记忆所及，述其大概，未能详备。吾家旧有祭簿，悉留越中族人处，未得查考，七世致公祭祭规为曾叔祖一斋公所订，具有条理，大旨与平氏相似，唯记得簿中记有忌日酒菜单，大可备考，今不得见，甚可惜也。

（民国癸未十月十五日）

读《鬼神论》

偶然买得《钝砚卮言》一册，有小引署道光戊申元和钱绮自识。案张星鉴《仰萧楼文集》中有《怀旧记》，其第二则即记钱君事，云好左氏传，著《左札》七卷，又熟明季遗事，著《南明书》三十六卷，复治算学，成《苏城日晷表》一卷，咸丰八年卒，年六十一。张君出陈硕甫门下，治汉学，其为文以渊雅为宗，昭明是尚，读其遗集，心甚爱好之。《怀旧记》云，所录记十人，皆文章学行有益于余者也。由此推想，钱君亦当非凡人，乃读《卮言》则四分之三均谈天文地理，三十九篇之中所能了解者才有十篇左右，未免失望。其中有《鬼神论》，即很有意思，娓娓千三百言，情理两备，为不可多得之作。如篇首云：

> 鬼神生于人心，自为不易之论。人心有所敬，则为天地五祀之鬼神，人心有所爱，则为祖考眷属之鬼神，人心有所畏，则为妖异厉恶之鬼

神。盖人与物皆秉阴阳二气以生，及其死而魂气归于阳，形魄归于阴，既散者不可复合，何鬼神之有。然人心至灵，心之所结，无形而若有形，无声而若有声，古圣王因人心而制为祭祀，以作其不忍不敢之心，俾无形无声中犹且致其爱敬与畏，以报生成之德，以严幽独之防。

又云：

自古至今，事鬼物之仪物亦屡变，谁实为之，人为之也。试问今之楮衣冥镪诸物而果可用乎，则金银皆外实中虚，衣服皆有表无里；楮衣冥镪而果无用乎，则何以索衣索镪，或形诸梦寐，或托诸巫言，盖人心以为可用，遂若有用之者耳。古无神仙之说，自秦始皇信方士求不死之药，而有所谓十洲三岛者，有所谓尸解飞升者，以致符箓乩仙诸术，亦时见灵异。古无地狱轮回之说，自天竺法入中国，而或有既死复苏言冥司事者，或有托生他处能记前生事者，或有为活阎罗走无常者。惟因人心而生，故其变幻之端亦随世而增益。……且子女扰杂之地，祠庙不灵，愚贱祷媚之诚，木石著异，凡此之类，莫非人为之也，人为之而鬼神即应之，信乎鬼神之生于人心也。谚云，阴阳只怕懵懂。此言至为孟浪，却至为有理，其人心无鬼神，鬼神亦竟无矣。

其结论云：

> 总之鬼神生于人心，不可斥以为无，亦不可执以为有。斥以为无，则祭祀不能尽诚；执以为有，则巫妖得以鼓惑。孔子曰，鬼神之为德，其盛矣乎。又曰，务民之义，敬鬼神而远之。此之谓能事鬼神，此之谓知鬼神之情状。

案焦里堂《易馀龠录》卷十，引明王子充撰御史严天祥墓铭，记在傅说祠侧见鬼事，论之曰：

> 鬼神本与人远，人日近之，则鬼亦近人。故祸福休咎之灵，必出于素信鬼物之人，远之则不灵矣。孔子所谓敬鬼神而远之，非徒不惑于虚而已，故与之亲与与之忤皆不可，此远与敬所以相因也。

此与上文可相发明，祸福休咎之灵，必出于素信鬼物之人，即上文所云，愚贱祷媚之诚，木石著异。俗谚云，阴阳只怕懵懂，说得远之则不灵的这一反面，又云，疑心生暗鬼，亦即是正面的说明矣。与之亲与与之忤皆不可，即上文所云，不可斥以为无，亦不可执以为有，意见正是相同也。

鬼神生于人心，这句话本来也很平常，但是我颇觉得喜欢，因为与我的意思有点相合。在十年前我写过一篇小文，名曰《鬼的生长》，其中有云：

> 我不信鬼，而喜欢知道鬼的事情，此是一大矛盾也。虽然我不信人死为鬼，却相信鬼后有人，我不懂什么是二气之良能，但鬼为生人喜惧愿望之投影则当不谬也。陶公千古旷达人，其《神释》云，应尽便须尽，无复更多虑。在《拟挽歌辞》中则云，欲语口无音，欲视眼无光，昔在高堂寝，今宿荒草乡。陶公于生死岂尚有迷恋，其如此说于文词上固亦大有情致，但以生前的感觉推想死后况味，正亦人情之常，出于自然者也。常人更执着于生存，对于自己及所亲之翳然而灭，不能信亦不愿信其灭也，故种种设想，以为必继续存在，其存在之状况则因人民地方以至各自的好恶而稍稍殊异，无所作为而自然流露，我们听人说鬼，实即等于听其谈心矣。

后来又在《说鬼》的一文中云：

> 我们喜欢知道鬼的情状与生活，从文献从风俗上各方面去搜求，为的可以了解一点平常不易知道的人情，换句话说就是为了鬼里边的人。

所谓鬼里边的人，即是使这些鬼神，以及事鬼神之仪物，神仙之说，地狱轮回之说等等所由生的人心是也。哈理孙女士著《希腊神话论引言》中有一句话，说得很得要领：

诸神乃是人间欲望之表白，因了驱除与招纳之仪式而投射出来的结果。

我所说的只是鬼一边，现在这样便已满足，神的一边也就有了。钱君所列举的敬与爱与畏，说鬼神之所由起，很是圆到，我说的一节也即属于爱的部分，但这只是关于现今的方便说法，实在说最重要的还是畏居第一，末了是爱，敬只介在中间，讲到底如不是敬畏也就是敬爱，单是敬的几乎可以说是没有。人间的大欲望是生与生生，凡对于这个有妨害的必须设法防御，若是有利益的自当竭力奉迎，宗教根本意义只是驱邪降福，所谓驱除与招纳之仪式，即鬼外边，福里边二语尽之矣。在巫师以自力作法的时候，这都好办，到得司祝但凭他力，承令旨取进止时，比较的少把握了，叩头乞恩与供物求宥反正其结果都出于不测之威，所以还是以畏为主。说福进来时仿佛有着一种咒力，若是开大门迎财神爷，他肯光降与否就不一定，又世人虽重财，而敬火神则尤虔诚，这是很有意思的。上边所说由爱而生的鬼神，也即是古人所谓不死其亲的意思，极富于人情，不过很是后起的事，而且爱不胜畏，往往保[1]存于仪式中，盖眷属虽亲，鬼

【锺校】

①“保”原作“伢”。

则可恐，乡间诗礼之家丧出犹不忘碎碗，回丧则越火烟而过，皆是对于死者的恐怖之表示。世间高级宗教中对于无形的神之敬与爱，鄙人少信未能知道，若是凡民的俗信却是很有兴趣，倘得有暇多搜集资料，整理细绎之，亦是快心的事也。小时候听念佛老太婆说，阴间豆腐干每块二百文，颇觉得诙诡可喜，虽然当时不曾问她的依据，唯其阴间物价极高的意思则固可以了解。阴间的人尚在吃豆腐干，则他物准是，其情状当与阳世无甚殊异，此又可以推知，至于特别提出豆腐干而不云火腿皮蛋者，乃是念佛老太婆的本色，亦甚有意思者也。这样一件小事，在我觉得比高谈心性还有兴味有意义，值得费点心思来加以考索。古人咏史诗云，不问苍生问鬼神。汉宣帝的事情我们且不管他，但是鬼神原是与苍生有密切关系的，只要谈的适当，这与咨问民间疾苦可以有同样的效应。我们敬鬼神而远之，对于鬼神的问题却当加意考察，因其中盖有人心的机微存在也。

（民国甲申五月十六日，北京）

俞理初的著作[1]

我与俞理初颇有缘。他的著作我得到了不少，虽然刊行的就只有三种，其各种刊本我却都已收得了，计有《癸巳类稿》四部，《癸巳存稿》三部，《四养斋诗稿》一部。寒斋旧有《类稿》《存稿》各一部，皆系通行本，《类稿》刻于道光十三年，《存稿》则是光绪十年重刊者也。后来在北京得《类稿》巾箱本，乃光绪中会稽章氏式训堂所刻，及“安徽丛书”第三期书出，又于其中得影印《类稿》，乃经俞君晚年手订，多所增益，书于书眉者。《类稿》各本大抵已尽于此，但我又有一部，仍是道光求日益斋刻本，经过李越缦收藏批注，亦有可取，故复另列。原书系后印，纸墨俱劣，目录后空白有题字六行云：

咸丰十年庚申八月，元和顾河之孝廉持赠越

【锺校】

① 正文原题《俞理初的著书》，据目录改。

缦学人。

此书见闻极博，自经史以及谈谐小说，无不赅综，甘石岐黄之书尤所留意，惟好自炫鬻，繁征博引，笔舌迂冗①，转晦本义。又如《节妇贞妇说》《妒非女人恶德②论》《佛经论》《红教黄教论》等，持论偏颇，引用不根，皆其所短，而淹洽贯串，终不可没也。是月二十一日，莼客记于都城宣南困学侨斋。

案《越缦堂日记》咸丰十年庚申八月十一日条下云：

河之来告明日行，以凌廷堪次仲《校礼堂集》，俞正燮理初《癸巳类稿》为别。

顾河之名瑞清，为涧蘋之孙，日记中称其年四十馀，粥粥笃谨学问人也，听其谈古籍源流甚悉，固有得于家学者。查二十一日条下则并无记录，只言英法联军和战事，盖其时正军逼都城，在焚圆明园前二日也。书上批注凡十七处，大抵皆示不满，唯据上文所题，虽学风不同，而亦仍不能不表示佩服耳。咸丰十一年六月二十日条下云：

新安经学最盛，能兼通史学者惟凌次仲氏及

【锺校】

①“冗”原作“宄”。

②“德”原作“得”。

> 俞君。其书引证太繁，笔舌冗[①]漫，而浩博殊不易得。

同治元年十月二十三日条下云：

> 理初博综九流，而文繁无择，故不能卓然成一家言，盖经学之士多拙于文章，康成冲远尚有此恨，况其下乎。

由此可见在此三年中越缦常阅《类稿》，佩服之意与年渐进，末了则于笔舌迂冗一事，亦有恕词矣。

《癸巳存稿》最初有道光二十八年灵石杨氏刊本，但据同治八年胡澍跋云，《存稿》十五卷，灵石杨氏刻入《连筠簃丛书》，而流传甚少。又光绪十年重刊本姚清祺序云，购诸书肆杳不可得，缘其书刊自山右，兵燹后板之存否未可知也。可见此本颇不易得，胡甘伯题记已距今八十年矣，寒斋乃能偶然得到一部，虽或未能如连筠簃刻本桂氏《说文义证》之难有，总之亦殊可喜矣。此外又有一部，原来亦仍是光绪重刊本，但经过平景孙收藏批注，每卷有朱文安越堂藏本方印，目录下有印二，白文曰曾经沧海，朱文曰上下今古。

【锺校】

①“冗”原作“亢”。

全书有墨笔圈点，卷中改正增注者凡七处，总目之后题字二行云："甲申九月二十一日校，时湿注臂臑，捉笔不定，涂鸦殊可憎也。"盖即是刻书之年也。卷末又有题字三行云：

> 理初先生叙述文字，无一字拾古人牙后慧，谋篇制局，亦绝不似八家，细按之无不自左史出，泽古深者宜善是也，世徒以考订推先生，失先生矣。七夕。

白文印曰栋山。后又题曰，七月廿八再校一周，蒲明子。此二项不纪年，或是甲申之次年欤。此处平氏所言与李氏正相反，鄙人虽未能完全赞同自左史出之说，但亦觉得俞君之文朴质可喜，殆因不似八家之故，与鄙见有相合者也。

《四养斋诗稿》三卷，咸丰二年夏校刊，程鸿诏跋，共三十六叶，计诗百五十五首。余所得一本系竹纸印，卷首有方印朱文曰，江氏云荪校读图书，末尾白文印曰，平阳汪氏藏书。余有题识书于卷头别纸，文曰：

> 俞理初诗自称甚不佳，亦正不必以诗重，唯诗以人重，后世自当珍惜也。《四养斋诗稿》刻板去今才九十年，而今已甚少见，盖中经太平天国之乱，久已毁灭，吾乡蔡孑民先生为俞君作年

谱，求此稿终不可得，乃从皖人借读之。寒斋于不意中能得此一册，大可欣幸，正宜珍重护持之也。

中华民国三十一年八月三日雨中，知堂记。

案据程跋谓俞君自记有云："诗甚不佳，已付惜字篓，忽见诗中世上尽多善悟人句，因复存之。"今查原诗在卷三中，题曰"个中"，今全录于下，以见一斑。

豪竹哀丝动画尘，等闲笑傲亦前因。
个中无限难圆梦，世上尽多善悟人。
车马劳身抛素业，莺花过眼惜青春。
围炉我亦酣歌者，落拓游踪难重陈。

以下共有三十首，多似无题之作，其中唯有七言四句者一首题曰"古意"而已。

（民国癸未十一月二十日）

陶集小记

我平常很喜欢陶渊明的诗。说到陶诗，差不多不大有人不喜欢的，这难道确是雷同附和么？

也未必然。陶诗大概真有其好处，由我个人看来，当由于意诚而辞达乎。陶集版本甚多，桥川既醉、郭绍虞诸君已有专篇著录，我辈见之只有望洋兴叹，但愿案头有一两部纸墨明净的本子，可供朝夕披诵，也就满意了。日前为得查考形夭[①]无千岁的问题，把架上所有的陶集拿来一翻，实在贫弱得很，不但没有善本，种类也并不多。但是关于两三种觉得有点闲话可说，所以记了下来，依照《买墨小记》之例，定名如上。

寒斋所有的陶集不过才二十种，其中木刻铅字石印都有，殊不足登大雅之堂，不过这都没有关系，反

【锺校】

①“夭”原作“大”。

正供常人翻阅，也大抵可以够用了。今列记于下：

（甲）《笺注陶渊明集》十卷，四册[①]，李公焕集录，贵池刘氏“玉海堂影宋丛书”之十一，民国二年刻成。

（乙）同上，二册，“四部丛刊”初集本，民国十年顷上海涵芬楼影印。

（丙）《陶渊明诗》不分卷，一册，曾集编，“续古逸丛书”之三四，民国戊辰涵芬楼据绍熙本影印。

（丁）《陶靖节先生诗》四卷，二册，汤汉注，嘉庆元年吴氏拜经楼刊本。又同上一册，光绪中会稽章氏重刊。

（戊）《陶诗集注》四卷，四册，詹夔锡纂辑，康熙甲戌刊，附《东坡和陶诗》一卷。

（己）《陶靖节集》六卷，二册，方熊诵说，侑静斋刊本。案侑静斋所刊有《文章缘起注》，方氏跋署康熙甲戌，可以推知陶集刊行时代当相去不远也。

（庚）《陶靖节集》六卷，二册，康熙甲戌胡氏谷园刊本，民国戊午上海中华书局影印。

（辛）《陶公诗注初学读本》二卷，一册，孙人

【锺校】

①“册”原作“卷”。

龙纂辑，乾隆戊辰一经代授山房刊。

（壬）《陶诗本义》四卷，抄本一册，马璞辑注，乾隆庚寅序，此书有刊本未见。

（癸）《靖节先生集》十卷，四册，陶澍集注，道光庚子刊本，又江苏官书局有重刊本。

（子）《陶渊明集》十卷，二册，光绪二年徐椒岑仿缩刻宋本，前有莫友芝题字，世俗所谓莫刻本也。

（丑）《陶靖节诗笺》四卷，一册，古直著，“隅楼丛书”之一，民国十五年铅字排印本。

（寅）《陶渊明诗笺注》四卷，一册，丁福保编纂，民国十六年铅字排印本。

（卯）《陶渊明文集》十卷，四册，世称苏东坡写本，汲古阁用钱梅仙摹本付刊，嘉庆十二年丹徒鲁氏重刊本。

（辰） 同上，二册，同治癸亥何氏笃庆堂用姚铨卿临本重刊者。

（巳） 同上，三册，光绪己卯陈澧题记，据胡伯蓟临本重刊于广东。

（午） 同上，二册，光绪五年会稽章氏用汲古阁影宋本刊，无题跋，盖是章石卿也。

（未） 同上，二册，即是章氏原板，而改题光绪十四年九月稷山楼藏。渊明小像后添刻四言赞十八句，署光绪庚寅七月四十五世孙浚宣敬赞，卷末有跋二首，文云：

> 仿[①]苏体书《陶靖节集》传自南宋，波磔戈点，具法眉山。尝谓靖节之诗天怀简至，纯任自然，流水白云，神行无迹。东坡兴寄亮特，遇物超然，其所为诗风格虽殊，性源则一，惠州所和，几同笙磬，即论心画，亦本天真，如云在天，如水行地，故写靖节诗者惟苏书为宜。吾乡郡东陶氏，系本柴桑，代传竹帛，吾友文冲同年邃精坟典，著述斐然，八法之工追迹汉魏，今得此本，墨而传之，踵企先芬，模范高躅，不特此集增一善本，而银钩璀粲，冠家集之珍雕，翠墨风流，补稽山之韵事矣。光绪庚寅夏五，越缦李慈铭书。

刻有三印，朱文曰湖唐林馆山民，白文曰慈铭私印。又朱文四行印曰，道光庚戌秀才，咸丰庚申明经，同治庚午举人，光绪庚辰进士。

> 予家旧藏陶集汤注大字本，纸墨安雅，非必宋椠，然出汲古本以前，献童幼未能校读，旋复

【锺校】

① 仿”原作“放”。

散佚。近时会稽章氏刻吴骞本陶诗，即汤注也。汲古主人毛扆尝得旧写本征士集，相传为东坡书，卷中避讳阙笔审为宋本，“鬻及借人为不孝”则元以后印记。

毛氏钩刻之本传世甚稀，殆如星凤，迩者人间取传本上木，点黝丰蔚，神采不远，抑亦老成典刑已。刻成板归同年友陶君文冲，弆诸稷山草堂，所以述祖德，寄古怀，乃模印分贻同学，献得之触手光发，顿还旧观。念魏晋以来别集专行绝少，往往掇拾窜乱，亡复真本，独靖节集卷第目录尚为昭明太子叙次之书，此本出宋贤手迹，首尾完具，垂垂六七百年，传诸好事，展转铅椠，辉映艺林，今又归诸好学笃信之云仍，尊若鼎彝，世守弗坠，后有考证艺文如王伯厚者，增成故实也已。光绪己丑冬十月，杭州谭献仲仪跋。

后刻白文印曰“浚宣长寿”，又朱文曰“会稽陶氏稷山楼藏书”，此跋审字迹盖是陶氏所书也。

案会稽章氏翻汲古阁影宋本虽著录于《书目答问补正》，而流传甚少，其后原板归于陶氏，模印分贻，亦大是好事，但须明著来源，不唯大方，亦见盛德，乃读李谭二跋，均隐约其辞，似从道旁拾得者，此何故耶。谭跋上边已说及章氏刻汤注陶诗，而其后乃泛称之曰人，或者未知此即是章石卿欤。昔尝见有人得杜氏《越中金石记》刻板，称为新刻，此在市人亦不足异，稷山居士雅人，似不宜如此也。

（申）《靖节先生集抄》不分卷，二册，陶及申校录，手写本。首叶总题菊径传书，靖节集，筠厂手录，朱文印曰会稽陶氏家传。陶氏有《各书抄读》，《筠庵文选》中收录其小引二十篇，陶集小引未见，今录于下：

> 靖节诗非惟不能学，亦不可学。昭明选不多，而选者自佳，东坡讥之太过。晋书宋书南史俱为靖节立传，序靖节诗文者无虑数十家，总无出昭明右者，即白璧微瑕一语，亦缘爱人以德，何可轻诋也。集本多舛谬，诸校刻都自称善，独恨其不多缺疑，则真所谓小儿强解事者耳。原载《群辅录》而不载《搜神后记》，今仍之。庚申桂月，及申谨识。

案其时为康熙三十一年，筠厂五十七岁，所言较以前各文甚为简要，书名为抄而实系全部，与所抄《帝京景物略》同，盖其所喜也。各种抄读寒斋共得五种，其中亦以此二书为最可珍重也。

（酉）《和陶集》不分卷，抄本一册，张岱评。

书名和陶，而实则具录渊明原诗，附列东坡和作，其后有张宗子补和者二十五首，前半有张氏评语，其评宗子和作部分或出于王白岳辈之手乎。抄本在东坡和诗末尾有朱笔题记五行云：

> 张岱号蝶庵，所著小品如《西湖梦寻》《越人三不朽》，已经梓行，其未梓者有《陶庵文集》《石匮全书》《夜行船》《快园道古》数种。兹编予于会稽谢氏案头见之，丹墨犹新，盖其手自评点者也，较订陶集异同各字，视他本最善，因借抄一册，以为行笈秘玩云。戊子仲冬朔有三日，汉阳朱景超识。

宗子和诗后又有三行云：

> 右蝶庵和陶，如和“规林阻风”及“六月遇火”等作，中间涂抹不一，或注改字另入字，此盖其未定稿也，姑仍之，以俟获正集时再打。虎亭识。

案抄本中胤字缺笔，所署戊子当是乾隆之三十三年，去今亦已百七十五年矣。

宗子对于东坡殊不客气，评渊明诗固多倾倒，但也有一两处，如《答庞参军》批云，亦是应酬语，又《和胡西曹》批云，陶诗亦复不佳，语甚戆直，陶诗评语中殆不多见，颇有意思。宗子和陶诗有小引云：

子瞻喜彭泽诗，必欲和尽乃已，不知《荣木》等篇何以尚遗什分之二。今余山居无事，借题追和，已尽其数。子瞻云，古人无追和古人者，追和古人自子瞻始。乃今五百年后，又有追和古人者为之拾遗补阙，子瞻见之，得不掀髯一笑乎。

宗子所和诗不知视东坡何如，读去觉得却也还不恶，但我感觉有意味的，乃是于此搜得宗子逸诗多首，又有好些资料，如《和赠长沙公》序中有云："博闻洽记，余慕吾家茂先，因于读《礼》之暇，作《博物志补》十卷，以续其韵。"可知宗子尚有此种著述。又《归鸟》原本四章相连，和作则分为四首，序云："会稽土产，日铸茶，破塘笋，谢橘，杨梅，他方罕比，东坡有言，无事而受此诸事之备，惭愧惭愧，因和渊明《归鸟》韵，作诗颂之。"鸽峰草堂周氏抄本《陶庵诗集》中有咏方物五律三十七首，得此四章，可以增补。诗集中有四言《述史》十四章，与此本不同，又五言《和贫士》七章，《和述酒》《和有会而作》《和挽歌辞》三章，此本均无之，盖因东坡已和，故不重复收入欤。

以上各本中唯章石卿陶心云仿苏本有故实可考，陶筠厂抄本与张宗子评本各有意见，又希见可贵，而恰巧都是会稽山阴人，亦颇妙也。鄙人固是真心爱好陶公诗文，此处所言乃似出于乡曲之见，诚哉我犹未免为乡人也，但此亦正是不妨，因其为事实耳。

（民国癸未十一日廿六日）

关于王啸岩

王䜣，字啸岩，山西涂阳人，著有《明湖花影》三卷，嘉庆五年刊，《青烟录》八卷，附《啸岩吟草》一卷，嘉庆十年刊，寒斋均有之。王晓堂著《历下偶谈》卷四中有一则云：

> 山右布衣王啸岩䜣，负不羁才，俯视一世，不屑屑事功名，专索金石古制及诗歌曲词，以故奔走四方，迄无真赏，竟以困终，惜哉。当其壮岁，客历下廿年，辛未过夷门，与余相晤，每及齐中故事，欷歔不尽言。既余到东，方询悉啸岩踪迹，盖有不得已之情，始为《香谱》《花影》以见意，如所谓《会缘记》者，顾安在哉。且夫天不靳人以才，何独靳人以遇，困厄曲成，发而为庆云霖雨，世固不乏，然如啸岩之才，终于穷饿，徒使英略雄姿埋诸丘壑，不亦多此才乎。乃有感于啸岩之事，录其诗数句，不计工拙，以存

> 其人可也。《感怀》云，岂但利名皆苦海，须知欢喜是冤家。至《落花》一联，空自挟娇争艳色，偏他有命老重茵，尤为感愤激烈。

案《感怀》一联见《吟草》中，题为“有所寄”，小注云，“年来习静，辄数月不出，湖上诸姬时访余音耗，问起居，诗以谢之”。但“须知”此作“也知”，似差胜，《落花》诗未收。《明湖花影》孙蔼春序中云：

> 啸岩少为晋诸生[1]，倜傥有奇气，睹记博杂，好诗论古今大事，作科举文不屑屑就绳墨，以故棘闱七被黜，乃适都下欲求升斗粟，而数多坎坷，前后十馀年卒不可得。于是之山左，以刀圭术为人治疾厄辄效，因以糊口，噫，亦穷甚矣。啸岩淡于欲，与人语未尝及资财，人有干其术者，投以钱帛亦取，不与亦不校。官山左者数公雅敬重之，屡迎至幕下，卒辞去，退而息于明湖左古刹，一裘一葛，一蔬一餐而已，惟好饮，又好携郎童小乐府，游兴至辄倩人调丝竹，手檀板而歌，其声悲壮，声色俱见，闻者或为掩泣。

作序者系其友人，故所叙较详，虽不免稍有藻饰，但

【锺校】

① “生”原作“士”。

即此总可以知道其生平大略了。我最初购得《明湖花影》，本不知著者为何如人，实在只因想收罗这一类著作，所以也收了来而已。余澹心著《板桥杂记》算是署名之作，此后的人便都是躲躲闪闪的，写上些古怪希奇的别号，等得大家看惯了也就认为固然，即如王韬，宿娼吸鸦片已不必讳言，所著《海陬冶游录》也题作玉鱿生，是近代的一个好例。《明湖花影》却是开卷大书云，涂阳人王啸岩著，这是很特别的事。《花影》内题三种，即是品题、诗话、补遗三部分，《会缘记》收在补遗中，原名为“绘缘记”，乃是一篇小文，叙述访湖上名妓疏娘，独见赏识，缕缕九百言，多感恩知己语，盖文人不遇，寄其牢骚，亦常有事，犹李越缦之赞菊部三珠，特别称颂霞芬耳。我所觉得很有意思的乃是补遗中的别的文章，即《态度论》与《词曲论》是也。《态度论》云：

> 自古妓歌舞之法失，而青楼于是乎少态度，自非性分尤雅，未有不失之粗与浮者。何也？失其所养故也。古妓歌必舞，舞以畅歌之神理，而曲折俯仰、优柔渐渍者久之，而后躁气平，矜心释，骨节自底于安雅，虽不歌不舞而态度绰然也。古人操缦安弦，亦犹是也。尝读庾子山诗，至“顿履随疏节，低鬟逐上声”二句，为之沉吟

不语者累日，窃以为歌舞古法之传，赖此十字。此下说明从略。王君能歌，其专门语非鄙人所能了知也。案此类意见前人亦曾说及，李笠翁在《闲情偶寄》卷三声容部“选姿第一”下列有“态度”一款，乃只狭义的释作媚态，以为态自天生，非可强教，至“习技第四”下又列“歌舞”一款，所说很相近：

> 昔人教女子以歌舞，非教歌舞，习声容也。欲其声音婉转，则必使之学歌，学歌既成则随口发声皆有燕语莺啼之致，不必歌而歌在其中矣。欲其体态轻盈，则必使之学舞，学舞既熟则回声举步悉带柳翻花笑之容，不必舞而舞在其中矣。古人立法，常有事在此而意在彼者，如良弓之子先学为箕，良冶之子先学为裘，妇人之学歌舞即弓冶之学箕裘也。

湖上笠翁殊多创见，文章亦爽利可喜，唯嫌其有八股气，又因习于做清客，其思想与态度多不免有粗俗处，所可惜也。教歌舞以习声容，与《态度论》的主旨大体相合，但李君尚沾滞于歌舞的直接影响，王君则更进一步，以歌舞为手段，以养成安雅的态度为目的，迨矜平躁释的地位达到，燕语柳翻亦复何所用之哉。大抵平心论之，如只谈妓乐，笠翁的话本亦未为谬误，王君所言更为合理，却又超出歌舞之外，其理可通于教育，亦不限于女子，即在男子教育上一样可以应用，学校中的体操与唱歌的原意本来也就如此，只可惜现在成为具文，其本身且将渐失之粗与浮，自然难望有好的效能了。《歌曲论》亦多好意见，如批评唱曲之弊云：

> 歌者往往模棱其字，不着力于字之头尾，而敷衍于腰腹公共之声，此闻者之所以欲卧也。且曲必有情，虽小曲亦有写景写怀，写愁写怨，写相思写离别之不同，如开口时全无体会，即发声字字高亮，而神味终是索然，虽欲动人得乎。

所说极合情理，即如鄙人纯是外行，亦觉得可佩服。近来中国似已只有皮黄戏与电影唱歌，原来歌曲之技术殆已失传了吧，王君所言盖尚是百年前事也。

《青烟录》系讲焚香的书，鄙人对于香别无爱好，所以买得此书，亦只因其为王啸[①]岩著而已。全书八卷，首为《青烟散语》，亦即凡例，次为《香典故》《香考据》，各二卷，继以《香类品》《焚爇谱》《香事考》《香类记》，各一卷，类聚香事，可资省览，文字亦颇雅洁。近年山西编刊“山右丛书”，初编三十种，未收此录，亦是可惜，岂将留待编入二集耶。末

【锺校】

①“啸”原作“晓”。

卷附有《食烟考》，自火烟水烟鼻烟以及鸦片烟，其一节云：

> 近时乃有鸦片烟，与诸烟用法迥不类，亦自西洋来，岭南人多食之。其器用竹长如横吹而粗，两头以铜饰之，其中近上处凿一孔，烟碗直插其上，碗用泥，大如指顶，而其中仅容米粒许，筒中用棕榈毛胆之，以防烟烬之突出。烟如膏，置小银器中。食时用灯宜洁净，或洋颇黎，或广锡为之，燃以清油。开灯于中，两旁各设枕席，食必二人，人据一枕，就灯上卧食之，食其量之半，易位再食，不然则烟力偏，精神或有不到处也。又有小刃若刀锥者二三事，以为挑拨取烟之用。食毕，进以果品，不用茶。

案据此可以考见嘉庆初年吸大烟之情状，亦大有意思，与清末相比较，已有不少异同矣。

（民国甲申二月末日）

《虎口日记》及其他

不佞离乡已久，有二十五年不曾入浙江境了。可是至今还颇有乡曲之见，特别是关于文献一方面，很想搜集一点乡贤著述，以清代为主，宋明的如有自然也收，但如陆放翁，王龙溪，徐文长，陶石篑石梁，王季重，张宗子诸大家而外，有些小诗文集便很难访求了，所得遂以清代为多，这也是自然的结果。一面我又在找寻乱时的纪录，这乃以洪杨时为主，而关于绍兴的更为注意，所得结果很是贫弱，除了陈昼卿的《蠡城被寇记略》，杨德荣的《夏虫自语》一二小篇以外，没有什么好资料，使我大为失望。后来翻阅陈昼卿的《补勤诗存》，在卷十三《还山酬唱》中有一诗题云，《鲁叔容虎口见闻录》，小注云：

> 绍城之陷，鲁叔容陷贼中，蹲踞屋上，倚墙自蔽，昼伏夜动，凡八十日，几死者数，仅以身免，然犹默记贼中事为一书，事后出以示人，不

亚《扬州十日记》也。

又见孙子九的《退宜堂诗集》卷二有诗题云《题鲁叔容溅泪日记》并序。序云："叔容陷贼中阅八十日，排日书闻见成编，余取少陵诗语名之，并题两绝句。"同卷中又有题云《严菊泉广文逸自贼中赋赠》并序。兹录其序与诗于下：

城陷，菊泉虏系，夜将半，贼遍索赂，斫一人颅，衔刀灯下示怖众。寻缚十四人递戮之，既十人遽止，菊泉竟免，次三人袁杜姚并得逸。

听谈己事泪交颐，生死须臾命若丝。

夜半灯光亮于雪，衔刀提出髑髅时。

于是我记住了鲁叔容的名字，却不知道其日记是否尚存，其次是严菊泉，也不知道他有否著述。这样荏苒的过了二十年之后，于民国癸酉元旦，在厂甸土地庙的书摊上，忽然见到一本陶心云题签的《虎口日记》，内署於越遁安子述，可是陈元瑜序中明明说叔容，孙子九陈昼卿的题词亦皆在，而且还有严菊泉的诗两首，署会稽严嘉荣菊泉。其诗云：

锦绣蠡城付劫灰，一编野史出新裁，

懔然变色思谈虎，我亦曾从虎穴来。

杀人如草血风腥，咋舌谁疑语不经，

天遣才人遭厄运，从教魑魅写真形。

《虎口日记》题页后书光绪丙申季春锓于福州，不知为何人所刊，别无记录，陈元瑜序署同治壬戌，序中称《虎口日记》，似其原名如此。孙氏题诗在癸亥，陈氏则在丙寅，书名皆不同，岂最初实为见闻录，其后又改为日记欤。鲁叔容不知其名，绍兴县志局资料长编引补过老人《乡隅纪闻》，记鲁叔容事，大旨亦只是根据日记，惟云山阴人，年七十卒，今假定辛酉遭难时年三十，则至丙申才六十六岁，计刻日记时其人当尚存也。

严菊泉的著作虽不可见，但是其履历却容易查得多多了。据光绪甲午科浙江乡试同年齿录，中式第六十一名严弼，即是菊泉的次子，不过日记题词署会稽，而这里写的是山阴，恐应以此为准。上栏开列父嘉荣，注云：

> 字怀庆，号菊泉，府学增广生，道光乙未恩科举人，甲辰会试荐卷，乙巳恩科会试堂备。大挑二等，选授平湖县[①]学教谕，内阁中书衔，推升嘉兴府学教授，保举卓异，候选知县，宦绩详《平湖县志》。京都山会邑馆设栗主，配飨先贤。著有《见闻录》，遭难已佚，《铎鉴》《越中忠义

【锺校】

① 原无“县”字，今增。

录》《逸香斋诗文集》，试帖诗，待梓。

再查《平湖县志》云：

> 严嘉荣，字菊泉，山阴人，道光乙未举人，同治癸亥任教谕。其时值粤匪初平，文教衰息，乃举行月课，优给膏火，丹铅笔削，士皆争自濯磨。又以文庙礼乐缺如，筹置祭器，选取乐舞，豆笾籥翟，讲肄时勤。朔望率诸生洒扫庙庭，先师诞日行释奠礼，春秋丁祭，尽敬尽诚，声容之盛，观者叹明备焉。复捐赀田三十馀亩，为礼乐公产及祭胙之需，通详立案，以垂永久。壬申铨升本府教授，兴废举坠，亦有政声，年七十三卒。

严菊泉的著作据齿录所记也有好些，但现今已不可考，只从杭州书店见到他的一册日记，起同治九年庚午四月朔日，讫十二年癸酉八月二十九日，正是在平湖做县学教谕，升转嘉兴府学教授这一时期，虽然记有朔望洒扫课文，行香差贺，以及彩蛋香肉等的送礼，可以知道一点七十年前的教官生涯，但是这总还不能满足我的期望。此外还有一册，没有书名，看笔迹是严氏手稿，列记辛酉绍兴死难男女的事迹，大约是《越中忠义录》的底稿，卷首夹入一纸，题曰"采访殉义士女启"，末署同治癸亥春三月，山会同人公具，后有凡例五条，其五云：“殉难以御贼为上，骂贼次之，寻常为贼所戕，似不胜纪，但无罪而死，情亦堪悯，未忍就删。”这里所说很有情理，盖严氏曾从虎穴来过，对于此等事不但谈之色变，亦且思之神伤，其著此书殆出于悲悯之心，与一般高谈人心世道者要自不同。全本凡五十页，如以每页八人计，所录亦才及四百人，固不能云详备，惟其意则自大可感耳。看稿中删改之迹，言语动作上不无藻饰之处，例以鉏麑触槐，或亦古已有之，信史本难得，亦可不必深求。录中记男子部分之末有一则云：

> 山阴王英康居水澄巷，业儒，工时文，为童试翘楚。咸丰辛酉九月廿九日被掠入贼馆，系于门外。俄一贼来问向习何业，答以读书，贼干笑谓其党曰，此人无用处。拽至大善寺木鱼下，遂加刃焉，年十九。

《虎口日记》十月二十七日项下有云：“有冯氏妇者，为余言，贼重读书人，称先生，有加礼[①]。”贼固不必一致，但即此可见乱世秀才之苦，几于无路可走矣。录中又一则云：

> 山阴张柳堂居下和坊，贩书自给，事父以孝

【锺校】

①“礼”原作“体”。

> 闻，积资为弟完姻，终身不自娶。辛酉城陷不出，十月五日掠赴萧山，将启行，贼见其面有愁色，曰，此人中途必逸，不如杀之。遂被戕于江桥南岸，年三十七。张吉生述。

观此乃又叹盗亦有道，阴鸷坚决，狠心辣手，世所谓英雄豪杰者非耶，古之名将如曹彬或胡大海，盖无不如此，或者不如此亦不能胜利，唯成则为王，败则为贼，非真是《虎口日记》之周文嘉不及《保越录》之胡大海也。儒家主忠恕，重中庸，识者辨孔子无杀少正卯之事，正是当然，但亦由此可知其敌不过桓魋柳跖之流，此事想起来很有意义，只是稍有点阴冷，令人觉得有如感寒耳。

（民国癸未十月二十日）

阳九述略[1]

甲申年又来到了。我们这么说，好像是已经遇见过几回甲申年似的，这当然不是。我也是这回才算遇见第二回的甲申年，虽然精密一点的算，须得等到民国三十四年，我才能那么说，因为六十年前的今日我实在还没有出世也。说到甲申，大家仿佛很是关心，这是什么缘故呢？崇祯十七年甲申是崇祯皇帝殉国明亡的那一年，至今恰是三百年了。这个意义之重大是不必说的。

民国初年我在绍兴，看见大家拜朱天君，据说这所拜的就是崇祯皇帝。朱天君像红脸披发赤足，手执一圈，云即象征缢索，此外是否尚有一手握蛇，此像虽曾见过，因为系三十年前事，也记不清楚了。民间还流行一种《太阳经》，只记得头一句云："太阳明明

【镡校】

① 1944年4月1日刊《古今》第43期，题为"甲申怀古"。

朱光佛。”这显然是说明朝皇帝，其中间又有一句云：“太阳三月十九生。”三月十九日正是崇祯皇帝的忌辰，则意义自益明了了。年代相隔久远，东南海边的人民尚在那么怀念不忘，可见这一年的印象是多么深刻。现今民国建立，初次遇见甲申之年，抚今追昔，乐少哀多，闻有识者将发起大会，以为纪念，此正是极当然的事也。

中国古来皇帝国亡身殉者并不少，民间并未见得怎么纪念。李自成本来不是好东西，但总也比得过明太祖，若是他做得下去，恐怕这件事或者也就麻胡过下了吧。可是清兵被吴三桂请了进来，定鼎燕京，遗老在东南及西南方面力谋反抗，事虽不成，其影响于人心者实深而且大，末后虽化而为宗教仪式，亦尚历久不灭焉。但是就当年事实而论，崇祯与明朝其时已为人所共弃，不，至少也为北京内臣外臣之所弃了。吴庆坻著《蕉廊脞录》卷五云：

> 阅《流寇长编》，卷十七纪甲申三月甲辰日一事云，京官凡有公事，必长班传单，以一纸列衔姓，单到写知字。兵部魏提塘，杭州人，是日遇一所识长班亟行，叩其故，于袖出所传单，乃中官及文武大臣公约开门迎贼，皆有知字，首名中官则曹化淳，大臣则张缙彦。此事万斯同面问

> 魏提塘所说。按京师用长班传送知单，三百年来尚沿此习，特此事绝奇，思宗孤立之势已成，至中官宰相倡率开门迎敌，可为痛哭者矣。

京中大小臣工既已如此，人民却是如何？知单开城这种阔绰举动，固然没有他们的分，但是秦晋燕豫这几省当流寇的人虽是为生计所迫，而倒戈相向，也显然是视君如寇仇了。朱舜水著《阳九述略》中第一篇致虏之由云：

> 中国之有逆虏之难，贻羞万世，固逆虏之负恩，亦中国士大夫之自取之也。语曰，木必朽而后蛀生之，未有不朽之木蛀能生之者也。杨镐养寇卖国，前事不暇渎言，即如崇祯末年缙绅罪恶贯盈，百姓痛入骨髓，莫不有时日曷丧及汝偕亡之心，故流贼至而内外响应，逆虏入而迎刃破竹，惑其邪说流言，竟有前徒倒戈之势，一旦土崩瓦解，不可收拾耳。不然，河北二十四郡岂无坚城，岂无一人义士，而竟令其韬戈服矢，入无人之境至此耶。总之莫大之罪尽在士大夫，而细民无知，徒欲泄一朝之愤，图未获之利，不顾终身及累世之患，不足责也。

下文叙说明朝以制义举士，士人以做文章为手段，做官为目的，不复知读书之义，因此无恶不作，列举现任官与在乡官害民之病，凡七八百言，末了结论云：

> 总之官不得人，百蔽丛集。百姓者黄口孺子也，绝其乳哺，立可饿死，今乃不思长养之方，独工掊克之术，安得而不穷。既被其害，无从表白申诉，而又愁苦无聊，安得不愤懑切齿，为盗为乱，思欲得当，以为出尔反尔之计。……是以逆虏乘流寇之讧而陷北京，遂布散流言，倡为均田均役之说，百姓既以贪利之心，兼欲乘机而伸其抑郁无聊之志，于是合力一心，翘首徯后。彼百姓者，分而听之则愚，合而听之则神，其心既变，川决山崩。以百姓内溃之势，歆之以意外可欲之财，以到处无备之城，怖之以狡虏威约之渐，增虏之气，以相告语，诱我之众，以为前驱，所以逆虏因之，溥天沦丧。非逆虏之兵强将勇，真足无敌也，皆士大夫为之驱除耳。

《阳九述略》收在舜水文集中，作为卷二十七，又有单行本，与卷二十八《安南供役纪事》同作一册，寒斋于全集外亦有此本，封套上有椭圆朱文木印云，全集抄出印本五十部之一。民国初年有重编铅印全集，云校勘出马一浮手，而颇多谬误，今所据仍为日本刻本。此文末署辛丑年六月，盖明亡后十七年，留予其门人安东守约。文经传刻，多有生涩处，或由字误亦未可知，今悉仍其旧。所说官民断送明朝本非新的发见，唯语颇深切，且谓清兵宣传均田，人民悉受其愚，此种传说殊有意义，觉得更值得提出来加以注意者也。

民不聊生，铤而走险，此亦是古已有之，或者如朱君所言，不足责矣。但是士大夫，为什么至于那么不成样子的呢？说是崇祯皇帝刻薄寡恩，却也并没有什么对不起他们的地方，何至与流寇同一鼻孔出气。这个原因一定是有而且很深的。我在小时候看过些明末的野史，至今还不能忘记的是张献忠这一段之外便是魏忠贤的一段，我觉得造生祠是划时代的大事，是士大夫堕落的顶点。看过的书一时找不着了，只就《二申野录》卷七天启六年丙寅项下摘抄本文云："浙江巡抚潘汝桢请俯顺[①]舆情，鼎建厂臣祠宇，赐额以垂不朽，从之。"小注云：

> 礼部阎可升曰，二三年建媚献祠，几半海内，除台臣所劾外，尚有创言建祠者李蕃也。其天津河间真定等处倡率士女，醵金建祠，上梁迎像，行五拜礼，呼九千九百岁，目中真不知有君父矣。创建两祠者李精白也。其迎忠像旗帜上对

【锺校】

① 原无"顺"字，今增。

> 联有云：至神至圣，中乾坤而立极；多福多寿，同日月以常明。若乃毛一鹭之建祠应天，姚宗文张翼明建祠于湖广、大同，朱蒙童建祠于延绥，刘诏蓟州建祠用冕旒金像，吴淳夫临清祠毁民房万馀间，河南建祠毁民房一万七千[1]馀间，江西建祠毁先贤澹台灭明之祠，诸如此辈不可胜纪。上得罪于名教，下播恶于生民，取百取千，只博泥沙之用，筑愁筑怨，争承尸祝之欢，皆汝桢之疏作之俑也。

至于生祠的名号，据《两朝识小录》说，自永恩祠创始而后，有怀仁、崇仁、隆仁、彰德、显德、怀德、昭德、茂德、戴德、瞻德、崇功、报功、元功、旌功、崇勋、茂勋、表勋、感恩、祝恩、瞻恩、德馨、鸿惠、隆禧，已是应有尽有，就只没有说出圣神这两字来，但杭州的祠建于关岳两祠之间，国子监生陆万龄呈请建祠于太学之侧，则也就是这个意思了。陆监生请以魏忠贤配享孔子疏云："孔子作《春秋》，厂臣作《要典》，孔子诛少正卯，厂臣诛东林党人，礼宜并尊。"此种功夫原是土八股的本色，唯其有此精神，乃能知单迎贼。舜水列举士大夫的恶迹，而未曾根究

【锺校】

①"千"原作"十"。

到这里，殆只知症候而未明其病根也。

十几年前我曾写过一篇《闭户读书论》，其中有云，我始终相信《二十四史》是一部好书，他很诚恳地告诉我们过去曾如此，现在是如此，将来也是如此。这话未免太阴沉一点了吧，我愿意改过来附和巴古宁的旧话，说历史的用处是在警告我们不要再如此。明朝甲申之变至少也该给我们一个大的教训。民不聊生，为盗为乱，又受外诱，全体崩溃，是其一。士人堕落，唯知做官，无恶不作，民不聊生，是其二。这两件事断送了明朝，至今已是三百年，引起现在人的追悼，继以嗟叹，末了却须得让我们来希望，如巴古宁所说，以后再没有这些毛病了。《阿房宫赋》云，秦人不暇自哀而后人哀之，后人哀之而不鉴之，亦使后人而复哀后人也。这两句话已经成为老生常谈，却是很有意义的，引来作结，倒也适宜。论史事亦殊危险，容易近于八股，故即此为止，不复多赘。

（中华民国三十三年二月十八日，北京）

第三分

遇狼的故事

从前看郝懿行的《晒书堂笔录》，很是喜欢，特别是其中的《模糊》一篇，曾经写过文章介绍，后来有日本友人看见，也引起兴趣来，特地买了《晒书堂全集》去读，说想把郝君的随笔小文抄译百十则出版，可是现在没有消息，或者出版未能许可也不可知。模糊普通写作马虎，有办事敷衍之意，不算是好话，但郝君所说的是对于人家不甚计较，我觉得也是省事之一法，颇表示赞成，虽然实行不易，不能像郝君的那么道地。大抵这只有三种办法。一是法家的，这是绝不模糊。二是道家的，他是模糊到底，心里自然是很明白的。三是儒家的，他也模糊，却有个限度，仿佛是道家的帽，法家的鞋，可以说是中庸，也可以说是不彻底。我照例是不彻底的人，所以至多也只能学到这个地步。前几天同日本的客谈起，我比喻说，这里有堵矮墙，有人想瞧瞧墙外的景致，对我说，劳驾你肩上让我站一下，我谅解他的欲望，假如脱下皮鞋的话，让他一站也无什么不可以的。但是，若连鞋要踏到头顶上去，那可是受不了，只得蒙御免了。不过这样做并不怎么容易，至少也总比两极端的做法为难，因为这里需要一个限度的酌量，而其前后又恰是那两极端的一部分，结果是自讨麻烦，不及彻底者的简单干净。而且，定限度尚易，守限度更难。你希望人家守限制，必须相信性善说才行，这在儒家自然是不成问题，但在对方未必如此，凡是想站到别人肩上去看墙外，自以为比墙还高了的，岂能尊重你中庸的限度，不再想踏上头顶去呢。那时你再发极，把他硬拉下去，结果还是弄到打架。仔细想起来，到底是失败，儒家可为而不可为，盖如此也。

不佞有志想学儒家，只是无师自通，学的更难像样，这种失败自然不能免了。多少年前有过一位青年，心想研究什么一种学问，那时曾经给予好些帮助，还有些西文书，现在如放在东安市场，也可以得点善价了。不久他忽然左倾了，还要劝我附和他的文学论，这个我是始终不懂，只好敬谢不敏，他却寻上门来闹，有一回把外面南窗的玻璃打碎，那时孙伏园正寄住在那里，吓得他一大跳。这位英雄在和平的时代曾记录过民间故事，题曰“大黑狼”，所以亡友饼斋后来嘲笑我说，你这回被大黑狼咬了吧。他的意思是说活该，这个我自己也不能否认，不过这大黑狼实在乃是他的学生，我被咬得有点儿冤枉，虽然引狼入室自然也是我的责任。

去年冬天偶然做了几首打油诗，其一云：

山居亦自多佳趣，山色苍茫山月高，
掩卷闭门无一事，支颐独坐听狼嗥。

饼斋先生去世于今已是五年了，说起来不胜感叹。可是别的朋友，好意的关怀我，却是不免有点神经过敏的列位，远道寄信来问，你又被什么狼咬了么？我听了觉得也可感也好笑，心里想年纪这样一年年长上去了，还给人那么东咬西咬，还了得么。我只得老老实实的回答说道，请放心，这不是狼，实在只是狗罢了。本来诗无达诂，要那么解释也并无什么不可，但事实上我是住在城里，不比山中，那里会有狼来。寒斋的南边有一块旧陆军大学的马号，现在改为华北交通公司的警犬训练所，关着许多狗，由外国人训练着。这狗成天的嗥叫，弄得近地的人寝食不安，后来却也渐渐习惯，不大觉得了，有时候还须提起耳朵静听，才能辨别他们是不是叫着。这能否成为诗料，都不成问题，反正是打油诗，何必多所拘泥，可是不巧狗字平仄不调，所以换上一个狼字，也原是狗的一觉，可以对付过去了。不料因此又引起朋友们的挂念，真是抱歉得很，所以现在忙中偷闲来说明一下子。

说到遇狼，我倒是有过经验的，虽然实际未曾被咬。这还是四十年前在江南水师学堂做学生的时候的事，《雨天的书》里《怀旧之二》，根据汪仲贤先生所说，学校后边山上有狼，据墙上警告行人的字帖，曾经白昼伤人，说到自己的遇狼的经验，大意云：

> 仲贤先生的回忆中的那山上的一只大狼，正同老更夫一样，他也是我的老相识。我们在校时每到晚饭后常往后山上去游玩，但是因为山坳里的农家有许多狗，时以恶声相向，所以我们习惯都拿一枝棒出去。一天的傍晚，我同友人卢君出了学堂，向着半山的一座古庙走去，这是同学常来借了房间叉麻将的地方。我们沿着小路前进，两旁都生长着稻麦之类，有三四尺高。走到一处十字路口，我们看见左手横路旁伏着一只大狗，照例挥起我们的棒，他便窜入麦田里不见了。我们走了一程，到了第二个十字路口，却又见这只狗从麦丛中露出半个身子，随即窜向前面的田里去了。我们觉得他的行径有点古怪，又看见他的尾巴似乎异常，才想到他或者不是寻常的狗，于

是便把这天的散步中止了。后来同学中也还有人遇见过他，因为手里有棒，大抵是他先回避了。原来过了多年之后他还在那里，而且居然伤人起来了。不知道现今还健在否，很想得到机会去南京打听一声。

以上还是民国前的话，自从南京建都以后，这情形自当大不相同了。依据我们自己的经验，山野的狼是并不怎么可怕的。最可怕的或者是狼而能说人话的，有如中山狼故事里的那一只狼。小时候看见木版书的插图，画着一只干瘦的狼，对着土地似的老翁说人一般的话，至今想起还是毛骨耸然。此外则有西洋传说里的人狼，古英文所谓卫勒伍耳夫者是也，也正是中国的变鬼人一类的东西。我有一大册西文书，是专讲人狼的，与讲僵尸的一册正是一对，真是很难得的好书，可是看起来很可怕，所以虽然我很珍重，却至今还不曾细阅，岂真恐怕吓破苦胆乎，想起来亦自觉得好笑人也。

（民国甲申惊蛰节，在北京）

【附记一】 这篇文章写好之后，随收到东京书店代译者寄来的一册书，名为《模糊集》，就是上文所说郝氏随笔的选本，译者的劳力至可感佩，特补加说明于此。

【附记二】 民国十四年秋间写过一篇杂感，有这一节云：“今日在抽屉底里找出祖父在己亥年所写的一册遗训，名曰《恒训》，见第一章中有这样一则：‘少年看戏三日夜，归倦甚。我父斥曰，汝有用精神为下贱戏子所耗，何昏愚至此。自后逢歌戏筵席，辄忆前训，即托故速归。’我读了不禁觉得惭愧，好像是警告我不要多去和人纠缠似的。无论是同正人君子或学者文士相打，都没有什么意思，都是白费精神，与看戏三日夜是同样的昏愚。”其时正和甲寅派的伙计们打架，写了不少的文章，虽然后来觉悟停止，却也已白费了好些精神与时间。所写的文章曾编有目录，题曰“真谈虎集”，可是这些资料早已送入字纸篓里去，现今连目录也散逸不存了。此次又复谈起狼来，陆续写了数千言，近来想要编集，这种文章照例是不适用，未免又是唐丧时日，想起上边的杂感，觉得有重行警戒之必要。这一篇《遇狼的故事》尚可用，因编入以存纪念。

（三十三年六月三十日记）

图书在版编目(CIP)数据

苦口甘口/周作人著作;锺叔河编订.—长沙:岳麓书社,2020.10

ISBN 978-7-5538-1217-5

Ⅰ.①苦… Ⅱ.①周…②锺… Ⅲ.①杂文集—中国—现代 Ⅳ.①I266.1

中国版本图书馆 CIP 数据核字(2019)第 284641 号

KUKOU GANKOU

苦口甘口

周作人著作 锺叔河编订

特约编辑:鄢 琨

责任编辑:蒋 浩

责任校对:舒 舍

书籍设计:风格八号

岳麓书社出版发行

地址:湖南省长沙市爱民路 47 号

直销电话:0731-88804152 0731-88885616

邮编:410006

版次:2020 年 10 月第 1 版

印次:2020 年 10 月第 1 次印刷

开本:787mm×1092mm 1/32

印张:6.75

字数:110 千字

印数:1—6 000

ISBN 978-7-5538-1217-5

定价:26.00 元

承印:长沙鸿发印务实业有限公司

如有印装质量问题,请与本社印务部联系

电话:0731-88884129